金塊文化

金塊文化

金塊文化

產後七日

看，這世界！

一本荒唐老爸寫給親愛女兒的懺悔書

過去，嘻皮笑臉的我，總喜歡遊戲人間，不過，經歷了第二個女兒產後七日的輪迴業報之後，雖然我知道條條大路通WEGO，但是歹路不可行。親愛的好女兒，我現在準備放下屠刀，牽妳的手，與妳一起走向這條父女修行之路，一路上都陪著妳，We go, We go, We go go go！

奶爸卡卡◎著

A la
recherch
du temps
perdu de
papa gag

推薦序一

讀這本書，我的心被牽動，我的情緒在波動

市面上的好書很多，但這本好書不一樣，看起來像是單向的親子關係書籍，其實是作者回顧四十多年人生的自傳，有創意而搞笑。光看筆名「奶爸卡卡」就可顧名思義，為人父親對女兒無私的愛及殷切的期望，是為「奶爸」，而「卡卡」則是指作者自小到大的各種人生關卡，包括生活上的、肉體上的、精神上的、情緒上以及道德上，他是如何地卡在其中及走過關卡，以及各種關卡對他後來的影響，有笑有淚。一個平凡的父親因為對女兒的愛而願意去回顧此生，重新審視自己的人生哲學及家庭感情性愛價值觀，了解到親情是最真實的，想要花時間多陪女兒，期望女兒能夠有美好的一生。

「奶爸卡卡」這四個字點出書中主旨，吸引讀者閱讀，我就是在此種情形下翻

閱書稿，被作者大膽、坦白、諷刺卻極富幽默的筆調所吸引，明明是很寫實的小故事情節，他可以妙筆生花，令人噴飯。社會上光怪陸離的現象，古今中外的歷史事件及時代新聞，透過他對女兒的苦口婆心言談中，嘻笑怒罵地表達出來，讓讀者感到是在與作者神交，聽他述說。奶爸卡卡就有這種筆功，天馬行空地臭蓋卻是言之有物，串連有系統，而戲劇化誇張的插曲則是道盡人性看穿你我，發人深省。讀這本書，我的心被牽動，我的情緒在波動。

一個自稱凡夫俗子的中年白領階級男性，天生叛逆，年輕時無法安於體制，恣意孤行，在成長過程中受了不少苦，學業歷程走了不少冤枉路，但他的桀傲不馴及擇善固執也磨練出他的堅忍不拔及耐操特性，讓他看透了人間是非善惡。狂放不羈，嫉惡如仇的個性如舊，如今卻懂得以更成熟的態度來包容與接納社會上的好與壞，懷抱理想，給予有建設性的批評，並以正向看待人生，對女兒珍愛泉湧，對台灣社會則是充滿大愛。

奶爸卡卡是個廣為閱讀博學之士，除中英法文及台語俱佳外，書中引經據典，舉凡歷史背景、政治黑暗、經濟轉變、文化差異、社會心理學，均能娓娓道來，尤其精通心理學，精神分析學派的影子無處不見，如金賽博士的兩性性導向遊走座標、佛洛伊德的性心理發展期、潛意識、自由聯想、移情作用及各種心理自我防衛機轉之應用，非常貼切。作者自己也說撰寫這本書也是自我療癒的歷程，他把要說的話向女兒一吐為快，說完了整個人也就脫胎換骨成為一個溫馨柔軟的奶爸與新好男人，這也是他人生的新目標。

放眼本書書目，就知道，奶爸卡卡的牢騷很多，顧慮不少，對女兒成長的擔心更多，因此書中的議題繁不及備載，每一個議題在他口中筆下都變得非常生動有趣，謾罵中有血淚，批評中有溫情。談到對女兒的期望，則是親愛中帶著嚴肅的口吻，再三叮囑她以後要勇敢做自己，做事不昧良心，不可崇洋媚外，做女人不亢不卑，說話要有藝術，凡事樂觀幽默以待，不是極端對社會提建設性的批判等等，但盼著女兒終其一生，身心健康，並幼吾幼以及人之幼，奉勸所有讀者父母也一起來，用心疼愛並教養女兒，字裡行間流露深層父愛及高尚情操。

溫馨感人的父愛之外，作者對於性愛的描述，乍讀之下充滿原慾，低俗麻辣，實則蘊藏哲理與真相。年少時身體受的凌辱與委屈，長大後生理野性的呼喚及自慰需求，外遇的經驗或性幻想，夫妻之間的床笫互動等，每個男人的身動與心聲被他刻劃得淋漓盡致，他是言眾人之不敢言，說男人之無膽說。虛虛實實的情節經驗則在暗示男性貪慾會惹來災禍，理性可以幫助煞車。唯有互相尊重關心，有性有愛的關係才是真愛。

本書作者以反諷的口吻一再地提到愛台灣，這個來自彰化鄉下的男性本性善良純樸，他愛他的父母、家人，他懷念故鄉的生活，也熱愛自己的國家，他說愛台灣不能淪為口號，而是生活在台灣這塊土地的人們不分族群國籍、宗教、職業，沒有歧視，能夠共融接納，一起來建設台灣，享受台灣，這才是真正的愛台灣。

本書雖是一本反映社會諷刺人性的另類書籍，它卻是一本作者自傳及父對女親子之愛的好書。它挑戰讀者的ＩＱ與ＥＱ，卻也提供娛樂與安慰，讓我們人手一本，在忙碌的生活中來點辛辣刺激又帶溫馨的閱讀，提升智慧，增添生活情趣吧！

——林蕙瑛

（作者為東吳大學心理系兼任副教授、台灣婚姻與家庭輔導學會理事長、資深婚姻諮商師）

推薦序二

奶爸的口白人生

「懺悔錄」是西方文學和傳記的一個重要潮流，一般會說是起自奧古斯丁、歌德、托爾斯泰等大家，當時具有告白意味，在死前向神告解請求寬恕是基督教徒的訴求。最早的「懺悔錄」當然也顯示出此番意義。

法國哲學家盧騷的懺悔錄，後來卻成為所有懺悔錄的代表作。這本誠實到曾被視為異端的著作，卻可是一本最坦白直率的作品，然而卻還是帶著濃厚的為自己辯解的意味。當時，盧騷寫了一本主張女孩應接受教育的《愛彌兒》，成為解放教育學，並將教育從神權解放出來的革命性著作。然而卻有人攻擊盧騷，現實生活裡他生了孩子卻未盡照顧父職，盧騷決定寫懺悔錄，把自己的一生在上帝面前赤裸還原，攤開一切，請上帝（當然其實是針對讀者）定奪，他是個盡責的人、認真的父親嗎？

台灣的文學和自傳體書寫，其實並無懺悔錄體，少數如邱妙津的《蒙馬特遺書》，卻比較被當成「陰性書寫」。在自傳體的出版品裡，多半擁有「文宣」的性質，交代的是「我應該讓讀者以為我是個什麼樣的人？我應該是個什麼樣的人？」離「我到底是個什麼樣的人？」卻還有段距離，這種書寫，其實正是心理學家所說的「新聞稿人生」（press release）。

「新聞稿」常常就是「最冠冕堂皇的理由」或是「媒體最常表揚的模範」。關於親子教養，我們常讀到父母為孩子做出犧牲、孩子最後出人頭地的模範故事，也常用這類「新聞稿」說自家的故事。有些爸媽說：「我真的，真的就是這樣相信，這樣相信有錯嗎？」然而，當我們再繼續問，這種期待是從哪裡來的時，答案，多半也不脫離新聞、團體和社會潮流。

在「新聞稿親子故事」裡，常掩蓋住爸媽比較個人，卻也比較真實的動機和心情。我自己從事親子教養的採訪、撰稿，發現如果是公眾人物，或是剛認識的人，從他們口中講出來的，往往都是「新聞稿」。有次我採訪一位公眾人物，聽他大談經營幸福家庭之道，幾個禮拜後，卻傳出他們夫妻分手的消息。如果親子一直活在

「新聞稿」的美好勵志裡，當然會覺得很累；其實，我們跟自己、跟別人講親子故事時，「新聞稿」總是會跳出來。也許，奶爸卡卡不是公眾人物，反而寫成結合懺悔錄和新聞稿的坦白文種。

我讀這本《產後七日》，心裡浮起的感受就是「懺悔錄」和「新聞稿人生」的綜合體。只是在誠實直率的懺悔錄體裡，作者讓讀者看到了他是個什麼樣的人，而他又不自覺的以一種新聞稿體的書寫，解釋自己為什麼會發展成這個樣子，藉著與女兒的對話，要告訴女兒將來要成為（或避免成為）什麼樣的人。

「新聞稿」對人生的影響無所不在，在教養的領域裡，父母用當時的觀念和流行的價值觀來教養我們，我們則用現在的觀念和價值觀來教養下一代。當我們思索自己的親子教養觀時，報紙上的那一套，自然而然地就變成我們說故事的範本。而作者所遵循的「新聞稿」，則是試圖要崩解那些體制，裡頭有他的經驗談，然而，那其實還是睥蓊「新聞稿」。讀這本書，可以想像作者的人生有口白、旁白和各種廣播劇的效果，當然，這可能是作者身為廣播人，長期浸潤廣播而不自覺發展出來的一種書寫。

「新聞稿人生」當然有它可讀之處，就像一套優良的劇本，也可以一演再演，每名觀眾都可看出他們的心得。一九四五年美國人類學家克魯克洪做納娃合（Navaho）族的田野調查時，有位原住民講的，根本就是其他人類學家寫過的田野誌，他再用來解釋自己的行動和感受。心理學家賈桂琳・魏斯麥（Jacquelyn Wiersma）訪問過一些重回職場的家庭主婦，後來也恍然悟到，「這些婦女提供給我的，似乎也是別人對她們行動和感受的詮釋版本。」

這種「新聞稿人生故事」反映的雖不一定是事實，多半卻具有深奧的意義。魏斯麥後來繼續針對這幾位職業女性做深度訪談，發現在扭曲的故事和自我裡，其實都可找到真正的原因。有人是為了逃避小時感受的女性歧視，有人則為了證明自己的能力，將「新聞稿人生」解碼後，將會找到更真實的自我。

魏斯麥曾經解釋，我們會用「新聞稿」解釋自己的故事，是因為我們不知道怎樣講自己，也不知道如何定位，所以必須靠著一個比自身更龐大（larger than life）的故事架構來說自己。這種情況，就和面對外來人類學家的印第安人一樣，當人類學家問「你如何講自己族人的故事？你有什麼感受？」時，一輩子從未想過類似問題的印第安人，不得不講出其他人類學家做過的田野誌。

如果，你和自己說的，你聽到別人說的親子故事感覺也像是一篇「新聞稿」時，沒關係，那常常是認識自己和孩子的第一步。這本書可貴之處倒在於他接近自虐和自我揭露的「自傳體」，如我們一再窺見一名奶爸與中年男人身上的口白。

無論如何，我再次想起盧騷，無論奶爸卡卡如何的自覺「卡著」，他證明了自己是個盡責的人，是個認真的父親。

呂政達

（作者為知名親職專欄作家暨心理學家）

推薦語

這本書讓我忍不住一口氣看完。除了文字有趣之外，更讓我看見一個父親對女兒濃濃的關心，以及學運世代對於社會各個面向的關懷。而在詼諧幽默的文字背後，還隱藏著對於社會現象的嘲諷，真是讓人大呼過癮呢！

——文山社大講師、「台灣查某」創立人洪儷倩

奶爸卡卡以詼諧的筆法，道出眾多中年男人不上不下的無奈處境，同時也看到一位奶爸對未來女兒在現今社會亂象中，如何自處的關心和破解招式的傳授，在理財、勵志及藝人書流行的當下，奶爸卡卡的心情一定讓你覺得心有戚戚。這類非主流不造神的寫作，也許才真的是中產階層的知音。祝新書大賣！

——萬寶週刊副總編輯、萬寶季刊總編輯許啟智

不把仁義道德掛嘴邊，不拿三從四德當教條，作者肯定是天下所有女兒夢寐以求的完美級老爸，但，請說到做到，一切有書為證。

——「米靈岸Miling'an音樂劇場」製作策劃、資深文創人馬幼娟

拜讀這本愛女大作《產後七日》，才相信，原來這麼愛搞怪的男人，會有一顆這麼愛護女兒的心思，又有如此奇才文筆，能將諸多心中的理想與對社會的種種不平、見解大大釋放出來的勇氣。相信這絕對不輸羅傑斯寫給女兒的十二封信，也是留給小虹最棒的人生禮物！

——財經傳訊總編輯林翠櫻

奶爸卡卡身高不到六尺四，卻才高八斗；頂上頭髮雖不多，頭殼下的學問多到嚇死人；前半生追求柏拉圖式的性與愛，後半生徹底頓悟最愛的還是太太與女兒。

這一次，奶爸卡卡不顧形象、顛覆傳統鉅作《產後七日》，熟男必看，想成為熟男更是非看不可。

——與奶爸卡卡共度一三〇五天的患難兄弟、TVBS節目企劃陳鉅志

作家之於書寫，某些在於有過一個孤寂、不愉快的童年，希望奶爸卡卡寫完此書能將五歲的橡皮筋事件忘懷；這是一本父親寫給女兒從出生前到十八歲的人生叮嚀，笑中帶淚宛如八點檔又帶有十分的真實性，初看時臉紅心跳，認清男性本色，所有女生不可不看！

——聯合文學行銷企劃主任劉秀珍

唯有深刻的經歷與省思，才能如此徹底的戲謔自嘲。和孩子當朋友的父親，寬容地給孩子自由與犯錯的權利，減輕了多少壓力，拉進了多少距離。不由分說，這是真正的愛。

——伊甸基金會公益行動中心組長程敏淑

「真是服了他」，看到奶爸卡卡的書，心裡只有這句話！卡到陰、卡到鳥、卡到腳……，奶爸卡卡的人生故事有夠卡！就因為一路卡到大，讓奶爸卡卡「卡」出了豐富的經歷、坦白的勇氣、寬容的心態、臣服的智慧；所謂「天將降大任於斯人也」，奶爸卡卡的卡卡人生，是老天給他最大的考驗，也是最寶貴的禮物。

全世界沒有任何一位老爸是這麼坦白地跟女兒說實話。奶爸卡卡書中的字句，誠實得教人捏一把冷汗，簡直難以想像這是一封老爸寫給女兒的「家書」；但勁爆、瘋癲的背後，滿是對女兒的百般溫柔與開明通理，奶爸卡卡對愛女說：「這本書是老爸我對妳的懺悔錄，絕對不會比法國思想家盧梭的《懺悔錄》還遜咖……我不常說教，我只當妳的朋友，一輩子永遠的好朋友。」

閱讀本書的過程，我是又哭又笑；露骨的描述令人拍案叫絕，卻又真摯得動人肺腑，讀後許久仍餘韻繞心。

如此奇葩的自白，男人必看，女人更不該錯過！讓你笑到岔氣的育兒書，全球唯獨這一本，奶爸卡卡一出手，其他人只有靠邊站的份啦！

——《百吻巴黎》作家楊雅晴

男人四十血淋林的自剖，是撕下偽善面具的獨白，也是另類但真誠的家書。

——一位共同度過狂嘯青春的同學、前環球唱片海外部經理廖本顏

如果我不在WEGO汽車旅館，就在往WEGO汽車旅館的路上！

過去，嘻皮笑臉的我，總喜歡遊戲人間，不過，經歷了第二個女兒產後七日的輪迴業報之後，雖然我知道條條大路通WEGO，但是歹路不可行。親愛的好女兒，我現在準備放下屠刀，立地成佛，牽妳的手，與妳一起走向這條父女修行之路，一路上都陪著妳，We go, We go, We go go go！

奶爸卡卡，又名卡卡仁波切，一事無成的中年已婚男，坐飛機只能坐經濟艙，沒事就跟空中小姐猛搭訕、拼命要啤酒狂灌喝個爽。四十歲之前，人生不斷遇到許多關卡，所以朋友幫我取了一個外號叫「卡卡」，有了兩個女兒之後，便升級為「奶爸卡卡」，悟道成佛的法號則叫做「卡卡仁波切」。這兩個外號都很適合我。

卡卡仁波切這個法名其實是有典故的，絕非對仁波切這個上師之名有所嘲弄或是嘻笑怒罵。在兩個女兒接連來到人間投胎與我陪伴之後，原本玩世不恭的我便選擇了皈依「父女道」這條人間佛法路，每天與尿布、大便和小孩的哭鬧聲為伍，女兒就是我的上師，開釋我的慧根，走向悟道之途。

我是一位無可救藥的樂觀主義者，任性而為、常常自high，自認風流瀟灑，是一個讓老婆隨時頭痛抓狂永遠長不大的小孩。本書出版後，我也已經做好了老婆會提出離婚的心理準備。

有了女兒之後，有一段時間，奶爸卡卡我突然變得好沉重，頭髮變禿、肚子變大，煙抽很凶，酒喝很猛，家庭的重擔與工作壓力讓我喘不過氣來。

為了擺脫頹廢，奶爸卡卡我決定振作起來，重新回溯檢討自己的成長過程，以及長大出社會後的男人荒唐歲月，坦然面對當了人夫及爸爸之後的內心焦慮與恐慌不安。在這段人間失格的村上春樹系療癒過程中，最後竟然讓我又看到躲在我內心深處的那個被壓抑的小男孩出現了，那個小時候不管做甚麼都會「卡卡」的小孩又再度與自己對話了。

老婆在醫院分娩完的產後七日，意外促成奶爸卡卡一段勇敢的自我告白，將童年與青春期的傷痛一一攤在陽光下，重新檢視與對話。

所以現在的奶爸卡卡不再堅持做一個四十歲的中年嚴肅男人，對一個成功男人的定義也有了新的定見與看法，選擇不活在他人的目光與評價之下，堅持做自己並打造在女兒心目中的品牌：奶爸卡卡！他的人生也正開始準備跨越這些充滿名利與慾望的虛幻關卡——每個男人一輩子或多或少都會遭遇到的心理關卡。

從一隻狗的死亡事件，一個新生命的奇妙輪迴延續，進而解開男人一生中的所有困難課題。看穿了人世間的虛假慾望，打破一切我執的迷思，試著用搞笑自嘲的誠實角度，來看清這個你我身邊真實的醜陋世界。

這本書寫下了父女倆最私密的對話，如夢如幻！親情很可貴，但是往往在自己還來不及懂得珍惜的時候，最愛的親人就會突然消失在你我的生命中。奶爸卡卡了解到，其實每個中年男人的心中，都還住著一個擁有最最純潔童真的小王子，只要有機會，只要你肯學會放下，小王子就會帶領我們回到那個長滿美麗玫瑰花的小星球。而在那個沒有欺騙、沒有偷情、沒有外遇的小小星球上，男人們每天所需要做的只有一件事，就是不厭其煩地灌溉與呵護這些盛開的玫瑰花。

讓我們再當一次小王子吧！天真的小王子可以在任何時候找尋到屬於自己的快樂，他不需要名車醇酒美人來提高自己的身價，也不需要透過一次又一次的獵豔外遇出軌來證明自己，名片上的任何頭銜對他也毫無意義，因為他不想也不願意跟任何人做比較。很幸運地，奶爸卡卡在四十歲那年找到了住在心中已經好久的那位小王子。

接下來，說說我的幾件事。不騙大家，我從小就是個問題小孩，「奶爸卡卡」這個外號也是其來有自，太有趣了，這個典故一定要讓所有人知道。話說媽媽當年在醫院準備把我生出來的時候，因為我的頭太大，卡在媽媽的產道很長一段時間才順利脫困，維基百科也正式將這個故事詞條登錄上網，這就是所謂「卡到陰」最早的典故起源。

到了五歲，奶爸卡卡第一次穿著牛仔褲去尿尿，尿畢準備拉上拉鍊卻不小心「卡到鳥」，緊急送醫後順便又做了包皮切割手術，可說是一石兩鳥。十八歲那年，第一次與女友進行性愛初體驗，奶爸卡卡在完事之後馬上翻身打呼睡覺，不小心把用過的保險套卡在女友體內超過十小時，受到疑似懷孕恐懼及尿道感染威脅的初戀女友也因此分手了。

三十歲的奶爸卡卡成家之後想走健康陽光型男路線，買了一輛頂級公路自行車與朋友準備環島，卻在一次山路下坡過彎的時候因為車速過快，雙腳與踏板緊緊接合住的卡踏鞋來不及在意外瞬間「脫卡」跳車，「卡到腳」的奶爸卡卡直接撞到山壁，肩膀兩根鎖骨全斷……

奶爸卡卡的悲劇色彩人生就是一場不斷「卡住」的意外，雖然有這麼多關卡，有一位算命老師卻說他是「關關難過關關過」、吉人自有天相。也難怪，出軌外遇成性的卡卡從來都沒惹過麻煩，不過奶爸卡卡的人生卻在兩個女兒的影響下改變了，人生看似不再有任何難以跨越的關卡，就算真的又遇到了險阻，奶爸卡卡也不怕了，因為女兒們教會了他一種可以通行任何關卡均不受險阻的通關密語，那就是……「愛」！

寫在故事之前……

一隻狗的輪迴關卡

在還沒有正式說故事之前，我必須跟大家講一段錐心之痛的經歷。

我曾經有三隻拉不拉多犬，最老的一隻是七歲的狗媽媽，她叫做多多。如果沒有多多，我不會跟現在的老婆結婚，因為多多，我組織了家庭，朝九晚五賣力地工作，開始典型台北中產階級夫妻倆人世界的生活。

另外兩隻狗女兒米亞和白白，都是多多在一次山林野合的強暴意外中所懷的親生骨肉。我們「全家人＋狗」很喜歡一起開車出遊，上山下海，人狗其樂也融融，基本上，可以這麼說，我跟老婆的婚姻之所以能夠延續下來不鬧婚變，這三隻狗扮演著強力粘著的潤滑劑角色。養過狗的人都知道，記憶力特別好的狗兒有一種改不了的習慣，每次只要車開到了牠們曾經到過的地方，狗兒聞到了窗外熟悉的花草味道之後，便會開始在車內躁動不安，發出咿咿嗚嗚的興奮鼻音加上沉重的喘氣聲。

那一天，我們到了北海岸金寶山的墓園，準備到靈骨塔去祭拜岳母，到了無人的山路轉彎處，我把車停在路邊，讓三隻狗下車恣意奔跑一段，心想，坐了那麼久的車子，讓牠們發洩一下精力也好。

三隻狗過去總是跟著我的車子左側，等我下達「go」的指令之後，牠們才會起跑。一向小心謹慎的我，一如往常地將頭探出車窗緩緩踩著油門，人狗之間默契十足，從來也沒出過意外。

可是那一天，當我一踩油門起步之後，前輪突然間一顛一頓，有東西卡住了！我馬上下車查看，發現狗媽媽多多已經躺在我的左前輪下方了。身體不斷抽搐劇烈抖動的多多渾身是血，我趕緊抱起多多放到車上，只見牠的右邊脖子有一道長長的血痕傷口，大口吸氣呼氣的嘴巴不斷吐出鮮血，似乎想要向我交待臨終前最後幾句話！二十分鐘的猛踩油門狂飆，我的雙眼緊盯著川流不息的高速公路車陣，迅速地左右移動變換車道，但是，送到醫院的時候，全身冰冷僵硬的多多已經斷氣了。

「投胎來當我女兒吧！」

我緊緊地抱著牠，流下了我這輩子第一次的男兒淚，獸醫無言靜默地站在一旁。很奇怪，當我說完這句話，多多原本睜得大大的雙眼，突然間慢慢閉上了……

C·O·N·T·E·N·T·S 目錄

第三篇 121 寫在深夜產房生下妳之後……奶爸卡卡仁波切如是說

第四篇 183 社會寫實之夜市補教人生

C·O·N·T·E·N·T·S 目錄

第一篇

奶爸卡卡的童年追憶似水年華

我的好女兒，如果妳覺得我很搞笑，那妳就笑吧！看到妳笑得開心，也就是我人生最快樂的一件事情。搞笑不見得是一件容易的事情，搞笑是一種與生俱來的樂觀能量，是一種能在逆境中試著找出一丁點微不足道的理由，讓自己還能夠低調卑微苟延殘喘的活下去。所以，活下去，快樂地活下去，就是我對妳最大的期許。

1. 好膽麥走：爸爸，我來找你了！

今嘛妳生出來的身軀攏總是血，但是無屎無尿，好腳好手，
親像恁爸少年時同款古錐！

「妳到底要生還是不要生？這已經是我第四次開車載妳來醫院待產了。妳大概是因為便秘才肚子痛吧！叫妳平常要養成良好的排便習慣，妳就偏偏不聽我的話。老母雞下不了蛋，至少還會拉雞屎，妳現在連雞屎也拉不出來。」

「你說這種話到底還有沒有良心啊！十個月前我叫你一定要戴保險套，不要想做就做，做完倒頭就睡，我又不是你洩慾的工具，你根本都不聽，三十七歲了還當高齡產婦來醫院活受罪。」

如果你真的在醫院產房親眼看過老婆生孩子的血淋淋畫面，我想至少在三個月

之內，你絕對不會有晨間勃起的陰莖充血問題。我必須承認，我的焦慮來自於即將陽萎三個月的恐懼。各位男人們，活到結了婚、老婆準備生小孩的這把年紀，也算是充了半輩子的硬漢，在這段男人不舉、房事不行的期間，乾脆就冷靜下來，套句現代的流行用語，乾脆裝娘嘛！

所以我倒是建議大家可以趁老婆生孩子的這段時間，好好整理一下心亂如麻的思緒，這輩子將如何面對眼前那個哭鬧不停的小生命。畢竟跑到醫院門外拼命地抽煙不是辦法，重要的是準備該怎麼跟你那不停哭鬧的親骨肉開始展開日夜交戰。誰說剛出生的小嬰孩不會說話呢？前世的冤親債主找上門來了，該還清的業障總是要還的，小孩算是來渡化你的呀！

老婆現在正躺在產房中等那姍姍來遲的接生大夫，我要求護士先幫老婆的屁眼塞了一劑浣腸，因為我不想讓女兒出生時，被老婆的陳年老糞噴到滿臉屎屎。趁這點空檔，為了緩和我準備當爸爸的緊張情緒，請允許我講一些無聊的屁話，先向大家介紹一下我的工作，以及我當年身處的社會大環境氛圍，是多麼的詭異、超寫實又後現代。

在愛台灣口號掛帥的那個政治狂熱年代，大台北地區六百多萬人，地小人稠、產業外移，失業率攀升、景氣蕭條，藍綠政治壁壘分明。怪不得，每個人的精神狀態或多或少都有點病，不論是躁鬱、憂鬱、歇斯底里、被迫害妄想、戀物癖、強迫症……只是病的程度輕重不同而已。

但是有病的人絕不輕易承認自己有病，因此為了要說服自己並沒有生病，唯一的方法就是，想盡辦法去證明別人才是有病。好吧，那老爸我到底有沒有病？老實承認，我這種病也不是甚麼會去害別人的病，頂多，我跟老虎伍茲一樣都有點性愛成癮的小問題。但是老虎伍茲身價百億有本錢付膳養費，我的銀行戶頭則是固定會在月底歸零，工作隨時不保且危在旦夕，想要出軌的話，最好皮繃緊點。不是我不行，大多數時候都是愛慕虛榮、眼睛長在頭頂上的女人不願意。四十歲的貧窮中年已婚男，最好認命！

該如何毀掉一個男人？關於這點，我非常有心得。屍體加裸體，還是跟拍和監聽呢？其實很容易，學學八卦雜誌的看圖說故事和捕風捉影就夠了。千萬不要以為這樣的衰事輪不到你，一旦事情找上門的時候，就跟女人出門上班卻在等捷運的時候月經突然來潮一樣，說來就來，瞬間血流成河，往往衛生棉條還沒時間往裡頭塞，一切便讓你措手不及。

我過去其中的一個秘密兼差工作，就是跟徵信社合作當狗仔去挖別人的糞、報別人的料，只要有照片，加上煽情的文字旁白解說，寄到八卦報社之後，每則報導可讓我賺進不少的加油錢和奶粉錢。基本上，我的心態是這樣，既然那些有錢的禿頭肥肚男，每天在我眼前跟漂亮美眉卿卿我我、摟摟抱抱，好康的事情都輪不到我，貧富差距的相對失落感讓我心生怨恨，所以我只好用這種方式來端正社會風氣了。

我的第二個工作是跟愛台灣有關。在西元兩千年初期的愛鄉愛土愛查某的本土化氛圍當中，雖說愛台灣的層次有很多種，但是如果想要真正落實到生活中，具體化呈現在一個有血有肉的靈魂深處，那就乾脆投身到第一線的愛台灣行列當中。於是我興沖沖地去報考當時號稱是全島最愛台灣的一家電台，應徵欄聘用的是一名閩南語節目主持人：說台語，咱台灣人出頭天啦！

當時我年紀雖然已經三十多，去法國也混過一圈，算是沾過點洋墨水學成的台灣海歸。其貌不揚的外在，個兒矮，對外號稱一米七，平常出門會穿上加了三層布墊的矮子樂皮鞋，因為高度墊得太厚，影響到正常人體走路功學原理，走路也變得一瘸一晃的，活像是褲襠胯下之間，長了個芒果大小的花柳病瘤一般。

矮子矮、一肚子拐，賊溜溜色迷迷的雙眼特大，路上被我斜眼盯上超過三秒的女人，大概跟被色狼剝掉衣服強暴過的失落感覺沒兩樣。但是老天爺疼武大郎，給我一個低沉有磁性的好嗓子，要是閉上眼睛光聽我那渾厚的聲音叫賣幾聲「燒餅、熱騰騰的燒餅」，不看到本人，十個女人有九個應該都會愛上我，唯一不愛的大概就屬潘金蓮，她喜歡的應該是會上景陽崗打老虎的猛男吧！

所謂知己長短貴自明、人要懂得適性順情地發揮所長，天生我材必有用嘛！大學時期我曾在一家「男來店、女來電」的電話交友中心兼差，拿起話筒跟一些發情的女人講電話是主業，偶爾也客串接一些無聊男人的電話，因為天賦異稟，本身是雙聲帶，男聲女聲都可以扮得唯妙唯俏。

「嗨，妳好，我是布萊德，妳是裘莉嗎？妳好久沒打電話來了！」

「嗯，最近下雨天好討厭喔！」

「對啊，外面天氣濕答答，妳可別把自己也搞得濕漉漉的喔！」

「討厭，光聽你開口說話，我早都濕了。」

就是這樣的鹹濕段子與對白，在話筒兩端不斷地重複挑逗著，女人真的愛聽男人講些不帶髒字的髒話，隔著話筒搔癢，更是讓女人慾火難耐。管他打電話來的人是啥性別，反正就是開開黃腔，陪電話那頭的曠男怨女，嗯嗯啊啊、伊伊嗚嗚，只要來電的客戶能靠這話筒隔空達到高潮滿足，也就算是功德圓滿，成就他人好事一樁了。

還記得剛剛成家結婚的我，算是事業心很強的新好男人，白天在出版社上班，兼差翻譯一些法國文學閒書，晚上還到一家非法的地下商業電台叫賣成藥。不過，這樣的打工瞎混也不是辦法，既不上道也搞不出甚麼名堂。更糟糕的是地下電台的薪水少得可憐，有政治狂熱的老闆沒事就想自焚殉道，為了愛台灣而鬧自殺，所以找個上得了檯面的合法電台闖一闖也算是條好路子，總得試試看。

在當時那種以愛台灣為最高指導原則來執政的世道，阿輝伯和阿扁都主張本土的年代，恨不得把所有外省人都趕到台灣海峽的法西斯時代，愛台灣的事業才是王道。賣藥的實戰廣播經驗，讓我磨練出一身真功夫好口條，滿口爛牙的嘴巴一湊上麥克風，便能胡扯瞎說幾個小時，一點也不會結巴怯場。換個光明的合法電台，胡扯瞎說的本質相同，只是話題內容改為一本正經地為台灣發揚光大，這倒也不是難事一樁。還記得當時在地下電台，我擅長扮演活佛神棍的大師角色：

「主持人你好，我想問問我的子嗣運途！」

「好的，先報上生辰八字吧！」

「一九七九年八月十一日晚上十二點！」

「子時出生，今年你是走空亡絕運喔，要生小孩比較難。」

「老師，那怎麼辦？」

「沒關係，老師幫你化解。我是受過西藏密宗薩迦派格魯教加持認證過的國際通靈大師，依我看，本身你的房子有問題！」

「甚麼問題？」

「你的房子方位卡到白虎星！所謂說，白虎吃子嗣，青龍助丁運，難怪你結婚多年卻膝下無子。首先你要安床，床頭放一顆花生，左邊床底放一顆南瓜，右邊床底放一顆柳丁，左南瓜右柳丁，這叫生南丁，也就是生男丁。」

「真的很謝謝老師，謝謝您！」

「不過這只是化解一部份的絕運喔，另外一部份是……唉，你的死運！」

「這怎麼化解，老師幫幫我！」

「節目中不方便說，不過有一串西藏活佛加持的天珠，或許你戴在身邊會好一點，這不勉強，你想買的話，我們的總機小姐會為你說明服務。」

就這樣，一串大陸深圳加工成本一百塊的天珠，以一千塊錢的價格賣出，甄愛台抽了三百塊。一個晚上可以賣出二十串。

我後來順利考進了這家號稱全島最愛台灣的電台，心想可以混吃等死領退休金做到老了，過著早上九點上班打卡，十點大便泡茶，十一點約同事準備出去吃中飯，十二點跟公司球友去公園打羽毛球，兩點回來公司上網，四點再去泡茶大便，五點準時下班的快樂上班族生活。話說那個年代，西元兩千年的台灣政治氣候剛剛變天，紅色中國共產黨五十年來沒有拿下台灣這個美麗的自由民主寶島，藍色國民黨五十年來第一次不小心失去了政權，綠色民進黨人在阿扁的領軍下，大搖大擺、神氣活現地螃蟹走路般，橫進了凱達格蘭大道的總統府內。台灣萬歲啦！台灣人做主啦！想當然爾，我一來到電台的前兩個月，就恭逢這般喜氣洋洋的熱絡氣氛，電台內部上上下下，從董事長到清潔女工，從節目內容到製播方向，平常說的做的聽的寫的，說改就改。衣服能穿綠的就不穿藍的，講話一開口就是三個字的標準閩南語國罵「看你娘」，一聽大家就知道是自己人啦！

自古以來，這些膽敢冒險橫渡台灣海峽黑水溝，都是走投無路的亡命之徒，說穿了不就為了活命混口飯吃嘛！所以台灣人的政治思想風向球轉得特快。施琅帶清兵登陸後，有識之士馬上開始留辮子；日本人上岸後，人人腳穿木屐、說話開場都是「巴格野魯」；國民黨百萬大軍來台後，台灣人的「他媽媽的」幾個字立刻說得琅琅上口。現在呢？唯一的硬道理當然就是「愛台灣」三個字。

不談愛台灣了，那幾年的「愛台灣強迫症候群」，一想起來就滿肚子氣，原本最要好的一位湖南籍老同學，聽到我混進了愛台灣電台，開始變得非常基本教義派，氣到半年不再跟我講話。

我現在人在產房，護士醫生排排站一團混亂，老婆哀嚎的聲音比日本色情片女優還大聲，情況好像有點不對勁，所以我要趕快開始扮演一位愛老婆愛小孩的好爸爸了！雖然說人生如戲，戲如人生，可節骨眼還是不能開玩笑的。

「用力一點，加油，快出來了！」

滿頭大汗的實習醫生以前應該當過大學啦啦隊的隊長。

「去握住你老婆的手啊，你以為你在看戲呀！」

中年護士應該是有點更年期的躁鬱問題，荷爾蒙嚴重失調，尖銳無禮的口氣中，其實充滿了對於我這種帥氣中年男子的渴望與期待。

想當初那一夜，我喝了酒帶著醉意進入老婆的身體，直徑四公分的那話兒（實際的大小尺寸，請允許我在這邊保留一下，怕說實話會嚇到讀者），硬生生地，帶點粗暴與狂野，九淺一深，左三下右三下，在溫暖濕潤的陰道也只不過橫衝直撞、進進出出了三分鐘的時間。萬萬沒想到，陰道獨白的伸縮功力此時卻發揮到極致，開了三指之後，馬上就會有一個直徑二十多公分的小腦袋準備從裡面鑽出來。

進到產房的時間果真度日如年，經歷過二十四小時的馬拉松式子宮塞劑與子宮頸肌肉擴張點滴液催生，感念於堅持自然生產的老婆的偉大，唸著「怕熱就不要進廚房，怕軟就不要進臥房，怕看就不要進產房」的我，還是硬著頭皮拿起相機、穿起隔離衣目睹孩子脫離母體的偉大剎那。

接生的女醫生年輕又漂亮，當她熟練地拿起剪刀剪斷女兒的臍帶時，腦海中的第一個念頭是以後絕對不敢再吃滷大腸！男性潛在的「恐懼被閹割去勢情結」或許是造成男人在老婆產後了無生趣、人生從此變成一片黑白的主因吧！這一幕血淋淋的畫面從此留在我的腦海中，久久揮之不去。目睹過血淋淋的這一幕之後，會不會讓我從此陽萎不舉呢？這一幕會不會是壓垮駱駝的最後一根稻草，會不會是壓垮陰莖的最後一根恥毛呢？

「生了，生了，恭喜你，是個健康的小女孩喔！」

醫生說完後，馬上熟練地拿起針線，準備縫合老婆下面那大到好可怕的傷口。

我下意識地摸摸褲襠，突然發現原本一向雄壯偉岸的寶貝，現在縮得好小好小，小到我已經絲毫感覺不到它的存在。

「醫生大人，有件事要拜託你一下。」

「母女平安就好，當了爸爸很高興吧！」

「可不可以多縫幾針？」

「為甚麼？」

「縫緊一點好嗎？我怕以後……進去會沒感覺耶！」

此後我的生命中，兩首歌曲不斷地在我耳邊迴盪，第一首是「必巡的孔嘴」，第二首是「針線情」。到了KTV，我也一定會點這兩首歌曲，這兩首歌象徵著男人在老婆生產時最美好的回憶。

（PS：感謝醫生大人最後又幫我把老婆的肛門補縫了兩針，生完孩子還可以馬上進行痔瘡開刀，健保有給付喔！台灣的社會福利真好，不過這也就是後來傳說中，付不出錢的可憐產婦，被沒良心的醫生誤縫肛門事件的最初還原烏龍版本。）

生完孩子後必須在醫院待上三天才可以出院，我向公司請了假在醫院陪老婆小孩，順便可以跟那些年輕的實習護士小妹妹聊聊天。

「絕對不要跟狗開玩笑，因為狗是很嚴肅的一種動物！請你猜猜看四個字的一個成語。」

我跟一位進來幫老婆換床單的護士小姐玩起猜謎遊戲。

「我……我不知道耶！」

我很確定，看似靦腆的護士，不安的眼神之下，隱藏著一顆小鹿亂撞騷動的心，回答我的話的同時，略帶貪婪的眼角餘光，輕輕地撇向我那雄壯厚實的胸肌。

「不苟言笑！答案就是不要隨便跟狗開玩笑。哈哈哈！」

自娛娛人的中年大叔，就只能靠這樣的冷笑話，度過這三天可怕無聊的醫院歲月。

昏睡中的老婆根本沒時間理我，皺得跟老鼠一樣的小嬰兒每次一推進房內，唯一做的一件事就是拼命吸奶，老婆原本淡紅色的粉嫩奶頭，真是不可思議，變成了兩顆黑褐色的超大核桃。該死，那是原本專屬於我的兩粒奶頭呀！何時才能夠完璧歸趙，讓我眾裡尋它千百遍，吸它千遍也不厭倦呢！奶頭沒了，我知道，眼前這隻狀似營養不良的小老鼠嬰兒，將要佔有這兩顆黑暈的奶頭約兩年的日子。認了吧！

熟睡中老婆的臉色看起來有點蒼白，纏著束腹帶的腰部略顯臃腫，根據我的目測，至少有三十六腰以上，外號取名叫做水桶妹一點也不過份，看來要回復昔日曼妙的身材難度應該頗高。根據統計，婦女得到產後憂鬱症的比例幾乎有二分之一的可能性，產後第一次恢復正常性生活的時間大概需要兩個月以上，恢復正常性生活約半年後，才會得到一次非常勉強的假高潮！更悲慘的是，一半以上的媽媽，從此以後一輩子再也不能體驗到真正的高潮。想到這些問題，我的心不斷地糾結在一起，忍不住打了一通電話給小廖。

「明天拿一些好料的光碟給我好嗎？」

「我明天正巧會帶一些尿布去醫院看你們，大概一箱約三百片夠不夠？」

未婚的小廖是卡卡這輩子最好的朋友，也是卡卡免費色情光碟的大盤供應商。小廖家中的房間就像是竹科園區大廠的機房一樣，二十四小時有五台電腦同時開機，他的興趣就是每天不停地燒！燒！燒！燒錄全世界所有能夠下載到的最淫穢的色情光碟。

「你是說三百片光碟還是三百片尿布？」

「各三百片，夠意思了吧！」

聽到朋友這句話，比任何事都還令人感動，卡卡流下了這輩子第二次男兒淚。好朋友就是要雪中送炭，而不只是會錦上添花，能夠同甘苦也要共患難，男人一輩子最慘的階段就是我現在困在產房的模樣了，小廖真是救苦救難的人間肉身活菩薩，聞聲救苦啊！

嘴角帶著甜甜的滿足笑意，看著身旁的老婆與小孩，睏意襲來的卡卡，終於將沉重的眼皮緩緩闔上，夢周公去了。或許，如果夢境順利的話，與三百個即將出現的日本女優，行周公禮。

「爸爸，爸爸，我來了耶！是你叫我來找你的喔……」

「是誰叫我，是誰？」

我躺在病床邊的小沙發，疲累的身體癱垮在棉被堆裡面，連起身的力氣都沒有。

「我在這裡，皺巴巴的小老鼠嬰兒，就是我啊！」

這一切都太詭異了，出生第一天的小嬰兒竟然會說話，我該不會是在做夢吧！

「你叫我投胎來當你女兒，我照你的話去做。我有看到你抱著我的身體一直哭泣流淚，我想勸你不要難過，可是你聽不到。其實那不是你的錯，那只是一個不幸，一個突如其來的不幸而已。我已經老了，一隻老狗的命運是很悲慘的，走不動跑不快，大小便又容易失禁，所以我不想拖累你，你反而是幫我一把耶！痛痛快快地結束生命也是一種福報，不是嗎？而且有一個好漂亮的姐姐帶我到一個光亮無比的隧道中，鼓勵我勇敢地走過去耶！可是後來我遇到了兩個長得像牛頭和馬面的壞蛋，捉我去一個暗無天日的地洞中。」

「他們沒有對你怎麼樣吧！」

「他們翻了一本好奇怪的簿子，然後點點頭，叫我在上面簽名。最後他們告訴我，在七七四十九天之內，我可以選擇以後要去哪裡，我說要當你的女兒。」

「在你做出決定之後，四十九天之中你都在做啥？」

「每天都在你跟媽媽的身邊，等你們做愛做的事。可是你們好奇怪喔，怎麼都不做呢？讓我等得好急，我完全沒有機會在你們天人合一的高潮時分進入媽媽的肚子裡面。」

「你死了之後，我完全沒心情。」

「可是後來在第四十九天的時候，也就是我能夠投胎的最後一天，你怎麼突然興致一來，像隻野獸一樣撲向媽媽的懷抱。我算過時間喔，十分鐘不包括前戲，硬是要得耶！而且你最後完事還能夠停留在媽媽體內超過三十秒鐘，一路硬到底，絕無冷場，讓我有充份的時間投胎成功，真是有夠厲害！」

恍惚之中，天空已漸魚肚白，從窗外照進的光線投映到我臉上，巡房的實習醫生和護士們把我吵醒。小嬰兒已經被推到隔離室去做黃疸測試。昨天到底是誰在跟我說話呢？

2. 深夜在產房的男人課題

「老婆你知道嗎？昨天半夜小孩跟我說話耶！」

我其實不確定昨夜與小嬰兒的對話是否純屬夢境。

「你是在說夢話吧！」

老婆的氣色開始紅潤了些，說話中氣十足，看來我硬逼她把這兩天的月子餐吃光光是有用的。

「或許就在半夢半醒之間，或許是我當爸爸之後壓力過大的緣故。」

我的話中有話，不知道老婆有沒有聽出來呢？

「哇咧，是我在生小孩、餵奶，你有甚麼壓力？」

「屌壓過高！舒張壓三百，收縮壓兩百，快要破表了，比妳漲奶更痛苦，超硬異物卡在褲襠與胯下之間，情況非常危急。」

「你可以去磨牆角，或是去找一根鐵管，最好去吃屎吧！」

「用嘴巴幫我一下下就好，拜託！」

「你這位爸爸還有沒有人性啊？我的傷口都還沒好，起床走路腳開開的，還沒拆線的地方仍然卡卡的，你這種話還說得出來？」

「那用手就好！當做產後運動復健，好不好？」

「不行，你太變態了，看到你就想吐！」

「不然用腳，穿絲襪的感覺也不錯！」

「你給我滾，我要吃鼎泰豐的小籠包，一小時之內給我買回來！」

「不然妳躺著休息，像條死魚一樣不要動，穿上丁字褲，我在妳屁股上面磨蹭磨蹭一下下就好了？」

說完這段話的同時，兩個滾燙的奶瓶已經飛到我的頭上來了，奶瓶的行徑路線很詭異，最後突然下沉，有點伸卡球的味道，老婆的身手果然沒有辜負奶爸卡卡平常嚴格的訓練。

「你只剩下五十九分鐘！趕—快—去—買……」

我始終無法理解這些日本人為何會大老遠跑到鼎泰豐排隊吃小籠包，排了一小時的隊伍，只為了那幾顆該死的爆漿噴汁小籠包！這些「汁男系」的日本人為何對爆漿如此情有獨鍾？回到醫院已經累壞了，陪著老婆吃完後，二話不說馬上翻身睡著。

「爸爸，爸爸，你累了嗎？」矇矓之中，我又聽見小孩的陣陣呼喚。

「是小虹嗎？」

早上跟老婆剛剛幫小女兒取好名字，因為她是在下雨過後出現一道美麗彩虹時出生的，所以我們決定叫她小虹。

「是我小虹，沒錯！爸爸你很害怕對不對？你怕我以後長大會被壞男人欺負，你怕我會上網交到網路之狼的朋友，你怕我會吸毒或是濫交……你怕的事情可多著呢？對不？」

「妳有妳的命運，我也準備好度過我的餘生，兒孫自有兒孫福，我並不害怕。我最近只是一直在想，親手殺了自己的狗之後，我這樣的殺『狗』兇手，到了地獄會不會上刀山下油鍋。最可怕的是，面對十八層地獄的極致破表酷刑；還有，閻羅王可能會直接把我閹掉，讓我代代輪迴都不能人道。」

「爸爸，我必須告訴你實話，你是一個好人，一個最最善良的好人，要不然我不會堅持投胎來當你女兒。你只是一直無法擺脫你的童年陰影，導致你長大後一直困在性與慾望的苦悶人生當中，你的恐懼便是來自於你對於生命的恐懼，生命的起源就是性，也就是說，性這檔事把你制約了，你被性慾體制化了，你被肉體的慾望給『操弄』了。」

小虹說完之後，讓我很想把她改名叫做蘇格拉底。

「我承認，我在五歲的時候第一次好奇地把玩自己的小雞雞，不不不，是妳剛剛說的『操弄』（manipulation）我的小雞雞，用『把玩』這兩個字太低俗了。當我正在專注出神、忘我禪定、人屌合一之際，隔壁鄰居的哥哥神準地彈射出一條橡皮筋，正中我的小雞雞，直到我長大以後，每次我一把玩自己的小雞雞，就很擔心有人會用橡皮筋射我的小雞雞。」

「這就是你人生的第一道關卡，小雞雞的橡皮筋彈射焦慮與恐懼。爸爸，性就是這麼一回事，幾分鐘解決之後，你就會覺得好空虛。以前我當狗的時候，每天都會耐心地在家門口迎接你回家，你一回家之後，我都會高興地拼命舔遍你全身也不厭倦。可是我跟你講實話，你身上的女人口紅味道和分泌物腥味，完全騙不過我那靈敏的鼻子，你在外面偷情之後的餘味仍然在我鼻翼兩旁飄蕩。但是我聞到另外一種你內心世界的味道，那就是你很空虛加上心虛。我不認為你很糟，我只知道你想要在外面的女人世界證明你自己。現在我必須鄭重地告訴你，你根本不需要用這種下三濫的方式去證明你自己，你是我爸爸，你和媽媽把我生出來，你乖乖地在產房陪我，這就夠了，這足已證明你是個好男人了。我的投胎其實肩負著一個重要的任務，那就是幫助你從這些貪嗔癡慢疑的慾望之中跳脫出來，不是叫你剃度皈依，別擔心，你不用出家沒關係，你可以繼續帶屌修行！」

聽到小虹這麼說，我的思緒突然間飄到好久好久以前那個還是小男孩的我，那個矮小受欺負，被一位退伍老兵的山東校工用一塊麵包的代價，奪走我珍貴的……第一次！

小時候家中總是人來人往熱鬧非凡。家中有一個好大的泡茶桌，珍貴的高山檜木打造成一個台灣島的蕃薯形狀桌面，因為我老爸是第一代愛台灣的代表人物。杉林溪的冠軍茶葉一斤都要好幾萬塊，我從五歲開始就是每天不停地泡茶給各位叔叔伯伯阿姨，叫我小小茶博士也不過分。我老爸教我，來修水電串門子的鄰居泡隔夜茶，銀行課長泡三百塊一斤的茶葉就行了，副理級的可以升等泡一千塊的，以此類推，不要浪費好茶給一些無利害關係的小咖角色。

我老爸在彰化算是個有頭有臉的地方人士，大家樂瘋狂簽賭的年代，說起我老爸這位縱貫線的大組頭兼角頭，無人不知曉。早上八點就會有信用合作社的經理恭敬地在客廳等老爸起床，從第一信用合作社到第十信用合作社的十路人馬，川流不息地在我家進出，有一次我親眼看過一大麻袋的綠色千元大鈔，如吃角子老虎賓果般，嘩啦啦成綑成堆地倒在我爸的辦公桌上：彩金五千萬！老爸當場叫我和哥哥在旁邊立正站好。

「你們如果乖乖地聽我的話，再多的錢也都是你們的；要是不聽話，一角一分都別肖想！」

這句話說完的十年後，美國第一次用飛彈攻打伊拉克，股市從一萬二跌到兩千多點，老爸負債一億，開始如同大富翁遊戲的輸家一樣，一棟接一棟地把所有房子賣掉。一向聽話的我，不知道為甚麼？長大後都沒拿到小時候目睹倒在桌上的半毛錢。

第三天，也就是最後一天待在醫院，明天會到大直坐月子中心住一個月。小虹身體狀況很好，我很感謝上天給了我一個健康的小寶貝，老婆也很平安，護士也很美麗。小廖的片子昨晚也送來了，我跑到停車場用筆電看了一整晚，上膛的子彈如今已經火氣全消，男人不再為荷爾蒙苦苦相逼，其實會變得很可愛很溫柔的呦！

小虹晚上會跟我說悄悄話的事，我已經不跟老婆說了，自己造的業自己要擔。我相信夢境跟現實之間，前世與今生的輪迴，必定有某種不可切割的關聯性。護士剛剛把小虹推進來時，我特別注意到小虹右邊脖子的下方，有一塊淺粉紅色的巴掌大胎記，那個位置就是狗媽媽被我用車輪撞到的致命傷處。

「爸爸，這是我最後一天跟你說話了呦！」

睡夢中又聽到小虹呼喚我的聲音。

「爸爸，我喝孟婆湯的時候故意吐出一小口，所以才能夠保有前世的一點點記憶來跟你說話，不過我頭上天靈蓋的囟門即將慢慢閉合了，一旦我無法感應之後，我就要正式認真度過我這一生，當一個平凡的小寶寶了。」

「沒關係，那你要相信我，給爸爸一個機會，我以前是妳的好主人，以後也會是妳的好爸爸。」

「那麼爸爸我跟你說最後一句話，狗狗是人類最好的朋友，對不對？所以以後你就把我當你的好朋友，可以嗎？」

「一言為定！」

3. 一篇寫給女兒長大後看的產房日記

親愛的小虹，我必須老實說，待產時的準爸爸心情，以及產後七日，坐月子期間準備服侍老婆的太監閹臣心情，好像不如傳說中那麼偉大，榮總的可愛實習護士妹妹，還有坐月子中心的美女保母，似乎是支撐我在這段克難式「自力救濟享受DIY」期間，還能樂觀面對一切不可知未來的所有力量來源。而且我注意到了，一個原本穿長褲的護士，似乎因為我這一位酷爸的到來，在第二天特地換上拉鍊式的緊身護士窄裙裝，只可惜在房間準備跟她要電話和msn、並且問她這一套護士服哪裡可以買得到的重要關頭，老婆和妳突然睜開略帶責備的微慍眼神，從香甜的睡夢中甦醒過來。

看到妳那純真的笑容，反映對比出我臉上猥瑣不堪的世故與黯然時，突然想到，妳的人生走到我這個年紀的時候，到底會變成怎麼樣？真的，當爸爸沒那麼偉大，每天練健身所鍛鍊出的渾厚胸膛，以後連想要當妳的安慰劑奶嘴時，妳都不屑一顧。不過我倒是一直沉醉幻想著，以後推著嬰兒車帶妳出去散步的時候，可以得到鄰居熟女少婦眼神所流露出的「真是個好爸爸」的欽佩目光垂顧。

「女兒是前世的情人」（或是前世養的狗）這句俗濫老梗的話，我倒是真正體驗到了，妳的到來，或許代表著我前世另一段感情債務必須償還，而過去的我和現在的我，也會重新切割成另外兩個完全不同的人生階段。

妳知道嗎？今天走出醫院看到澄淨蔚藍天空的那一剎那，忽然驚覺生老病死原來可以如此相近地集中在這個白色巨塔，當時榮總懷遠堂正有一群家屬抬出過世親人的棺木，霎時間我打了一個寒顫哆嗦咬冷筍，小便開雙叉，道德的光環與莫名的罪惡感迎面襲來。眼前燦爛陽光的奪目炫影，讓我開始認真地想到，自己真的即將和妳共度一段好長的時光。

長大後帶妳去幼稚園之前，一定要好好教妳學會做個懂事的小孩，讓妳知道我是一個最棒最愛妳的父親，並且會伸出手跟我打小勾勾向我保證，絕對不跟媽媽說，關於爸爸偷瞄妳的幼稚園俏麗女老師，呼之欲出的胸前偉大36E CUP的事情。我滿足地想著，只要能做到這樣的地步，我相信，這就是一個成功且足以堪慰的父親典範了。我已經準備好洗淨一身罪惡、洗心革面重新做人，當一個全天下最好的爸爸喲！

愛妳，就是要告訴妳，關於我在現實人生苟活之下的心底話。妳一定很想了解一下我的人生，對不對？

我有點困惑，以後該怎麼告訴妳，關於老爸我是個甚麼樣的人呢？在你年紀小還不懂事的時候，妳老爸以前到底是如何活過了這四十個年頭呢？騙妳不是辦法，紙包不住火。把自己講太好，妳以後會看破我、唾棄我、離開我；把自己講爛一點，搞不好妳長大後會引以為戒，絕對不要變成老爸這種死德性，這樣好像比較有負面教材的教育意義喲！

講真的，從妳問世的那一天開始，我心中隱隱覺得，妳會徹底改變我四十歲以後的生命，妳知道嗎？昨天我已經把薇閣汽車旅館的十張優待券全部撕掉了，還是邊哭邊撕，心疼地要命耶！

坦白從寬，我必須老老實實地向妳仔細交待清楚，關於過去的我是用甚麼樣的方式來虛度我的上半輩子，浪費年輕的寶貴光陰在一些無意義的瑣事上頭。我不敢保證，以後的妳會不會犯下跟老爸一樣的錯，畢竟人都是一直在犯錯，最可怕的是，當妳正在犯錯的同時，還自以為是在做一些再正確不過的事情。所以老爸想對妳說教一下好嗎？那就是：絕對不要站在道德的制高點去指責別人，除非妳這輩子從來沒犯過任何錯誤。

有些話，我老了之後可能來不及跟妳說，因為我會在妳還措手不及的時候就突然變老，推著中風復健學步機的可憐模樣讓妳為之鼻酸，只能流著口水歪著嘴巴看著身旁的年輕菲傭，然後在腦中意淫一段屬於糟老頭的卑微性幻想。我會比妳早走一步向閻羅王報到，妳幫我守靈的時候，應該會無聊地度過七個漫漫長夜，這時候，跟妳的兄弟姐妹在我靈前爭財產可能有點不孝，外人也會看笑話，或許這本書可以讓妳晚上熬夜替我上香燒金紙時，打發走一些讓妳眼皮沉重的瞌睡蟲。

好吧，如果妳堅持要知道我是個甚麼樣的傢伙，我可以告訴妳，除了我之外，這世間沒有任何人可以一五一十地描述清楚我是甚麼樣的人。要是我還健康地活著，身上有點錢，名片上面有個可以嚇唬人的頭銜，對別人來說還有些利用價值的話，那麼，部份認識我的朋友可能會虛偽地說我是個還不錯的人；但是如果我現在因為外遇偷腥而被人贓俱獲，妳老媽把我掃地出門，一文不值地流落在街頭的話，我猜應該沒有人會說他們曾經認識過我，或者會說跟我不太熟。

妳出生的二〇〇八年的台灣是個有點混亂的年代，至少我是這麼認為，或許十年後你的年代更混亂也說不定。不過，現在每個人早上所做的第一件事大概就是翻開水果日報，看看封面的偷拍八卦和猥褻照片，然後興奮地邁開腳步走進辦公室，跟身邊的同事加油添醋地討論一整天，關於這些讓人幸災樂禍的美好生活材料。「旁觀他人之痛苦」，這句話好像是美國記者蘇珊桑塔格的一本書名吧！台灣人在「旁觀他人之痛苦」的同時，大概還可以暫時「掩飾自己的敗德與墮落」。老爸說教的第二課：千萬不要去嘲弄別人的不幸與敗德，除非妳是純潔無瑕的聖女貞德。

這本書是老爸我對妳的懺悔錄，絕對不會比法國思想家盧梭的《懺悔錄》還遜咖，以後的版稅收入麻煩妳幫我都捐出來。全世界也將沒有任何一個老爸是這麼坦白地跟女兒說實話，以後妳會懂得，我不常說教，我只當妳的朋友，一輩子永遠的好朋友。記住，長大後不管妳發生甚麼事，把我當朋友，告訴我妳的悲傷和快樂，我只會與妳舉杯邀明月、共飲划酒拳，靜靜地聽妳傾訴分享。

妳可能也會好奇這個年紀的我到底在做甚麼工作，工作的內容好玩嗎？一個月賺多少錢呢？有自己的辦公室嗎？早上會有穿ＯＬ套裝的女秘書幫我泡咖啡拿報紙嗎？小孩子通常到了國小年紀，如果在學校跟同學吵架嗆聲，大概已經懂得恐嚇對方說「你知道我爸爸是某某人嗎」！放學後看到同學父母的名車在校門口聲勢驚人地排成一列時，就跟黑道大哥出殯一樣的禮車排場，小朋友應該也已懂得哪些同學的老爸是有錢人，下次去福利社可以Ａ他幾根冰棒解解饞兼消暑。

不過或許妳會失望，老爸都穿短褲和排汗運動衫騎腳踏車出門上班，因為最近油錢很貴。出門前如果肚子痛想大便的話，我會先忍住，到了公司上廁所可以省點衛生紙錢和馬桶沖水水費。在電台上班的好處就是不用穿西裝，在錄音室裡頭挖鼻孔或摳腳趾頭也沒人理你，只要你認真找一些專業的達人級來賓來好好訪問，並且小心翼翼地注意到傳統中國人做人處事的阿諛奉承道理，不要太白目，不要擋人財路就行了。這樣的工作說來容易，但是沒有三兩三、怎敢上梁山？口條佳、反應快，這些嚴苛又專業的條件可是百中選一、人才難覓。對了，在這篇日記的最後，我還必須跟妳講一些妳爺爺的事情，後續也會談些爺爺生平的點點滴滴。人要懂得飲水思源，妳爺爺是個好人，跟我一樣。

爺爺原本是一個園藝工人，不愛說話，總是悶著頭拼命種花除草。之所以不愛說話，是因為他的客家人口音太重，講起福佬人的閩南語總會有一種怪裡怪氣的腔調。一九六〇年代，在台灣中部彰化地區這個福佬人居多的僻鄉窮村，要是讓人知道你是客家底細的話，一定是落個人人喊打的頭破血流慘狀，所以他就盡量少說話。

本來爺爺也搞不懂自己身為客家人有甚麼錯的，不過他知道一定要把閩南語學好，否則在彰化地區是混不下去。有一天他收了工之後經過一間義民廟，看到清朝年間林爽文之亂的記載，才知道原來自己的先祖曾幫著清朝官兵剿滅了不少福佬人，客家人當了義民之後，也成為福佬人的大敵。

其實這點恩怨跟所謂的福佬人和客家人也沒啥大關係，那群福佬人內部又細分為漳州人跟泉州人，他們兩百年來每天打打殺殺、舞刀弄棍的，爭的也不過就是一條小水圳的源頭罷了！後來漳州人跟泉州人和解了，因為他們一起把矛頭對準客家人。

我們的先祖同樣也是來自福建省詔安，管你是福建的泉州或是漳州，大家本來都只是來台灣討生活混口飯吃，但是肚子填飽後又覺得日子百般無聊，逞兇要狠械鬥便成為發洩體力的一個好管道。不過在一九四九年之後，彰化的客家人和福佬人忽然一夕之間又團結起來，因為共同的敵人終於出現了。當百萬大陸軍民渡海來台，成為島上的新統治者，客家人和福佬人的新仇舊恨就此暫告一段落，此後島內居民的分別只有兩種：本省人和外省人。爺爺這時候悟出一個道理：能夠跟舊敵人攜手合作的唯一方法，就是找出共同的新敵人。

十歲的爺爺有一天到一位外省籍國大代表的大莊園內種花，生性活潑的爺爺一時手癢，看到院內有一株漂亮的油桐樹花開得異常漂亮，想要摘幾朵回家送給母親，孰料被那位老國大代表逮了個正著，當場賞他一個大耳光。國大代表的小女兒看到爺爺被打了個七暈八素，當場笑了個人仰馬翻。此時爺爺在心中暗暗發了個毒誓：有一天我一定要在眾人面前賞妳這個小屄樣一個大巴掌。四十年後，有位當上立法委員的爺爺老同鄉，從政漂白成功，發了，在十幾部電視台攝影機鏡頭對準他的時候，終於替天行道了！

爺爺過去是個狠角色，轟轟烈烈地大起大落過，人生十分精彩。但是不能免俗地，我要跟妳說，混黑道不好，賭博也不好，帶著省籍情結與童年陰影長大更不好。爺爺的第一代愛台灣精神，曾經不小心耳濡目染地複製到我身上，我還是要感謝他教會我一口流利的閩南語，但是後來我唾棄了第一代愛台灣精神之後，爺爺對我十分不諒解，認為我辜負了他的期望。雖然過去有些時代背景會造就一個人走向一條不歸路，那是因為他們沒有更好的選擇，而妳以後會有很多條不一樣的路讓妳選擇。也就是說，森林中的路有很多條，端看妳要選擇哪一條，通往哪裡去。然而要切記：千萬不要像妳老爸一樣，為了妳媽媽這棵樹而放棄了整座森林！

我了解，以後你可能會問，上述這些關於妳爸爸和阿公的來龍去脈，知道後到底有甚麼用呢？我告訴妳，妳至少能得到了一些關於以後想尋根的身世密碼，就跟達文西密碼一樣，有一天妳真的閒閒沒事做，就可以一一去破解我在這本書所埋下的各種伏筆密碼。不過在這篇日記的結尾，還是想告訴妳一句老生常談的話：做妳自己，不管妳長大後變甚麼樣，我都會支持妳。

4. 有了妳，我變娘了！

老婆生產完一個月後，小虹正式出關，可以坐著嬰兒推車到戶外活動了。

「老公，今天天氣不錯，我們開車載小虹去陽明山走走好嗎？」

老婆在坐月子中心悶了整整一個月，雖然有許多親戚朋友來看她，但是那些親戚朋友只會七嘴八舌地忙著對小虹品頭論足，疲勞轟炸地嘮叨不停，每個人都要假裝是育兒專家，提供各種養小孩的心得給我們。更過分的是，竟然還有許多人語帶尖酸地對我們說一些充滿性別歧視的風涼話。

「生完大女兒小扉之後，你們又生了二女兒小虹，要再加油喔，趕快生個男的。」一位生了兩個男孩的姨婆略帶同情地對我們說。

「女兒沒關係啦，以後嫁個好丈夫最重要，最好能嫁入豪門，一輩子不愁吃穿。」一位嫁給中部某位五金大王的表姐說道。但是根據上一期狗仔周刊的封面報導，她老公上星期好像在某夜店被拍到與一位波霸名模喇舌熱吻。

「小虹長得很漂亮喔，我替我兒子先訂下來了，指腹為婚啦！」這位仁兄是我鄰居當中長得賣相最差的，水果攤的術語叫做「ＮＧ瑕疵品」，他的兒子長得更離譜，一付十分欠打的調皮模樣，我怎麼可能會讓小虹跟這種爛咖指腹為婚！更何況，老婆是可以先網路預購的嗎？太瞧不起女人了。

聽到這些傷人的話，我隱忍下來不發作，畢竟來者是客，而且我最近脾氣變好了許多，細聲輕音，講話會比蓮花指，喜歡看利菁姐姐主持的節目，看完星光大道Roger老師的講評還會感動到哭。一一送完客之後，收拾行李準備離開坐月子中心，趁著陽光普照的好天氣，帶小虹和老婆到陽明山走走散心吧！

現在握著方向盤的手變得好謹慎，放慢速度緩緩地行駛，後視鏡中的小虹滿足地喝著媽媽豐滿充盈的母奶，這個時刻，我體會到當爸爸之後的無比快樂：很低調，但是非常奢華的幸福！就在這個時候，忽然有一聲刺耳尖銳的汽車喇叭聲長鳴在我腦後，接著看到一輛BMW X5的黑色房車切到我的車子前方，有兩位彪形大漢怒氣沖沖地下車，使勁用力敲我車窗。

「看伊娘老ＸＸ，你開那麼慢是故意的呦！」

大直到士林中山北路的匝道本來速限就是四十公里，我照規矩來也沒錯。問題是台北人很喜歡在這樣的路口於後方逼車，逼你開到四十九公里速限，冒著只差一公里速限就會被超速照相取締的風險，緊貼你車屁股給你壓力，實在有夠機車。

「大哥，對不起，小孩剛滿月，不敢開快。」

我咬緊牙關低聲下氣地說抱歉，左手用力地握著藏在坐墊底下的伸縮鍛鐵雙節棍，這根棍棒上頭還沾有上一次痛扁過一位惡劣計程車司機的斑斑血跡。後來我決定鬆手，打開車門，恭恭敬敬地向兩位大哥行了九十度的鞠躬禮，臉上還裝出十分害怕的惶恐表情。

「臭俗辣，下次小心點，我們在趕時間知不知道，你知道我們一分鐘值多少錢嗎？看，回去顧小孩啦，無三小路用。」

「不好意思，下次一定會注意！」

無妄之災平安軟著陸之後，我回到車上，一句話都沒有說，但是嘴裡兩排牙根仍然咬得緊緊、嘎嘎作響。重新發動引擎起步，過了一分鐘之後，老婆用著這輩子最最溫柔的語氣跟我說：「你變了，變好娘，但是我跟小虹，很喜歡你現在這副死娘砲的模樣。」

聽完這句話後，我下意識地用舌頭舔了舔雙唇，踩著油門踏板和離合器的雙腳，突然間夾得好緊好緊，後庭菊花台頓時覺得暖洋洋，我好想馬上就把車開到那日暖花開的陽明春曉！

第二篇

爸爸愛說教：關於人生的七堂課

親愛的女兒，爸爸的上學生涯幾乎一直都在蹺課，下面想要跟妳說的這七堂狗屁東東，都是我蹺課在外遊蕩的人生體悟。爸爸所講的都是負面教材，讓妳引以為戒。因為，如果不知道夜晚的黑暗，又怎能懂得白天光明的可貴呢？

1. 第一堂課：體制化（institutionalization）

小虹，妳現在是一個獨立的個體與生命，但是以後妳終其一生將會與這個社會的「體制」努力奮戰。體制化的目的，是社會為了要加強對個體控制的必要手段，如果妳像爸爸一樣總是跟社會這個體制格格不入的話，妳會活得很辛苦，不過我一定會支持妳。我絕對不會加入這個體制來一起壓迫妳，我會跟妳站在同一邊共同來對抗。

小虹，妳知道嗎？我可能快失業了。最近電台發了一封志願離退同意書給我簽名，我的同事也都收到了。簽完之後我們可以領到補償金，然後電台再用約雇方式來回聘我們其中的一些人（優秀聽話又好用耐操的人），不過沒有勞保和健保，一年一聘，六個月考核評鑑一次。

這樣的工作型態叫做「非典型就業」，我相信妳長大後也會面臨到這個問題，因為朝九晚五的固定有保障工作，混吃等死的時代已經一去不復返，靠自己的實力才是王道。所以我是第一個簽了這份志願離職書的人，並沒有隨著其他同事尋求司法管道，與公司展開長期抗爭的法律訴訟。不過，老實說，我還挺懷念以前那種帶著閒情逸致泡茶看報、每天可以好好大便兩次的典型就業生活。

「卡卡，你進來電台這麼久的時間，表現一直很優秀，現在你這麼配合公司的政策，我很高興。畢竟現在大環境景氣這麼差，企業瘦身才可以增加未來的競爭力呀！」現任董事長頗為語重心長地緩緩說道。他是一位非常知名的人權律師，好像替很多死刑犯辯護翻盤成功過好幾次，不過他對於工作權這方面似乎還不夠尊重，否則不會這麼輕易地讓許許多多經過正當考試途徑，辛辛苦苦擠進公司窄門的員工，必須硬著頭皮簽下這份以後將任人宰割的生死契約。

「以後我的每一個節目將會用最認真的心情，戰戰兢兢、小心謹慎的心情把它完成，在公司的每一天，我都會當成是我人生中的最後一天來度過。希望每六個月一次的人事評鑑可以達到公司的標準。只不過我有一個小小的要求？」

「喔，卡卡，你儘管說！」

「現在的薪水有點不夠我支付給保母的費用，除了幾個Live的節目和新聞，我必須準時到錄音室之外，可不可以給我一點彈性的責任制上班時間，讓我照顧剛出生的孩子，不然現在的我既沒產假又沒育嬰假，我跟老婆可能會去跳樓燒炭了。」

「沒問題，但是你所負責的節目一定要做出高格調的品質，公司安排你必須配合的宣傳和公關活動一定要到。」

我走出了這個門，已經心知肚明未來要怎麼做了。我不再跟其他的同事，以及工會的幹部多講一句廢話，他們要告就去告，在台灣想走司法途徑，有那麼容易嗎？經過幾年的冗長訴訟，告贏了又怎麼樣？小虹，妳的童年難道就在陪我上法庭的歲月中度過嗎？老實說，我被體制化了，我向這個體制屈服了，對不對，小虹？告訴妳，這是我第一次徹徹底底向體制妥協，不再像年輕時代一樣衝動熱血。不過，等妳有一天長大，不聽我的話，對我大呼小叫的時候，我也絕不會自怨自艾地對妳說：我當初都是為了妳才這麼做，我為妳犧牲有多大，妳現在卻不聽我的教導……諸如此類的屁話！

我在這段期間其實應徵了其他三個工作，不過都是要沒日沒夜地跑新聞趕稿，薪水雖多，社會地位和名片頭銜也蠻唬人的，可是我不願意就此把妳送給保母全日託放，錯過與妳在上幼稚園之前的珍貴成長時光。就讓我從此告別西裝革履的亮麗光鮮生活吧！爸爸不適合做一個事業有成的男人，爸爸寧願穿著短褲汗衫，每天跟妳的尿布奶瓶為伍。我要親眼看著妳開始爬行、走路，晚上依偎在我身旁睡覺，白天跟我去公園溜滑梯，等到妳完全斷奶叫爸爸，然後把媽媽兩顆奶完完整整地還給我，讓我好好享用！我不怕薪水不夠用，只怕陪妳長大的時間不夠，老爸可以改抽白長壽、改喝兩百塊一瓶的葡萄酒。

長大後，第一個把妳社會體制化的場所就是幼稚園，以後如果妳運氣欠佳，可能會碰到一個喜歡打妳小屁屁，把體罰當有趣遊戲的壞老師。第二個地方就是上小學之後的課後安親班，妳或許會遇到一個專門欺侮小朋友的壞小孩，大欺小的霸凌事件是無所不在的。德國哲學家尼采說過，這個世界本來就是一個超大精神病院，只是每個人瘋狂的程度不一樣罷了！

體制化之下的人類會產生一些少數邊緣性人格特質的怪胎，他們會利用體制的缺陷來滿足其個人怪誕荒謬的私慾，而且還會用著極其冠冕堂皇的理由來合理包裝他們的變態。

「卡卡先生，妳太寵小孩了，我的適當體罰是為了小虹好，你不高興的話，歡迎你來告！」妳未來的幼稚園老師可能會這麼跟我說。

別擔心，小虹，爸爸是從這個體制之下倖存的人種，我自有方法應付這套將會壓著妳喘不過氣來的體制。我當然不會衝動地去賞幼稚園老師一巴掌，也不會去跟欺負妳的壞小孩家長幹架。我只會默默地觀察妳一切的初階社會化狀況，在妳跟我訴苦的時候，冷靜且溫柔地跟妳話家常。

「爸爸，我班上的小胖叫其他同學不要跟我當好朋友，我好難過喔！大家都聽小胖的話，因為他每天都會帶好多糖果給小朋友吃，現在我在學校好無聊喔！」想想看，當人好累喔！好不容易四歲大的小虹已經感受到同儕排擠的壓力了。

「他說不要當妳的好朋友，那沒關係呀，妳就回答他，那我當你的媽媽，也可以當你的爸爸啊！」

隔了一天，小虹喜孜孜地回來跟爸爸說：「爸爸你教我的方法好有用耶！今天小胖又說不要跟我當好朋友，結果我說那我當你的媽媽好了。其他小朋友聽了都哈哈大笑，然後叫小胖喊我們所有的女生好大一聲，媽媽！」

小虹，懂了嗎？對抗體制的最佳方法，就是樂觀幽默以待，凡事不要走極端，這世界其實沒那麼壞，基本的體制運作有其潛規則的制約作用，至少某部份十惡不赦的壞人會有所忌憚。但是在妳羽翼未豐，還沒有掌握並學習到人類的體制到底是如何運作、如何操控宰制百分之九十九的平凡百姓時，千萬不要貿然去跟體制對抗，畢竟妳還沒看透並了解這些體制是用何種方式運作。

在妳上中學和大學的那幾年，鐵定會被學校這個升學和考試體制為主要壓迫教育機器的怪獸折磨到不成人形，放心，爸爸會陪伴妳，不會變成教育體制的另一個幫兇來荼毒殘害妳。等妳把所有的體制運作基本人文科學都學會了、搞懂了，妳可以在成熟之後好好地對這個社會提出妳的建設性批判，用最積極的方法讓這個世界變得更美好。

簡而言之，真正徹底能夠改變並修正人類部份荒謬體制的方法，就是先學會現有體制運作法則，然後進入體制，不過在體制中不要隨波逐流、人云亦云，仍然要在內心偷偷地堅持自己的理想和看法。等到妳在體制內爬到某個有權力的位階時，擅用妳的權力並摸著妳的良心，用非暴力的溫和革命手段來潛移默化改良這個體制。

有些年輕人總是為了反抗而反抗，外表染了金頭髮，或是嘴唇和肚臍穿耳洞，全身上下紋身刺龍繡鳳，標新立異只為了顯示自己的與眾不同，但是內在的腦袋和骨子裡的知識卻都沒有長進，談話沒內涵，灌水後的酷哥帥妹模樣用磅秤秤起來卻沒啥斤兩。所以，未來你要怎麼處理妳的外表打扮，我管不著；但是記得喔，人要有點雄心：進入體制、看破體制、掌握體制、改變體制。老爸當年讀大學耗了八年反覆進出了好幾次，我很後悔，畢竟走了好多冤枉路……

2. 第二堂課：如廁訓練（pipi & gaga）

如廁訓練又稱排泄習慣訓練，教導小孩在適當地點與時間的大小便規範養成，簡而言之，就是三個R：在正確的時間與地點，請你拉下正確的屎尿（Right time and right place have your right shit）！但是過早訓練可能會讓小孩產生壓迫感與情緒的病態，身心發展會朝向畏懼膽小的動輒得咎恐慌狀態。

爸爸到了國中三年級還在尿床，尿床完之後，緊接著又是一陣酥麻痙攣：我夢遺了，而且夢境中好像出現過性感女神瑪丹娜。或許妳們那個時代已經不知道誰是瑪丹娜，她的搞怪與妖媚等同於現在的女神卡卡。古時候新婚之夜的新娘要有處女落紅證明，才可以向夫君交待，而當我拿著這床「處男落黃」充滿尿騷味的床單時，我老媽，也就是妳奶奶，只跟我說了這麼一句話：「你以後可能需要穿上成人紙尿布才能上床睡覺。」

青春期正在發育中的我，從此陷入男孩與男人之間的「轉型瓶頸」，有點像是台灣從戒嚴時代要過渡到解嚴時代的轉型正義一樣，怎麼做都不對，對於自己的排泄與性慾問題，產生了心理與生理上極大的內部矛盾衝突。還記得我每次跟女朋友花前月下、卿卿我我之際，一到關鍵時刻，正準備突破神秘三角洲的花園陣地當口，我都會跟女朋友大喊：「等一下，我先去尿尿！」

尿完後，前戲又重新來過，等到要提槍上馬之際，我又大喊：「等一下，我再去尿一下！」

就這樣，我失去了跟很多女朋友深入交往的機會。有些比較有愛心的女朋友，分手之後還會抽空撥個電話給我，「卡卡，我認識一個泌尿科主任，是美麗的女醫師喔！我幫你掛了號，聽說早期腎虧很容易治好的。」

小虹，這個故事給了我甚麼啟示呢？

第一，妳想表達大小便的意願時，我會鼓勵並稱讚妳，如果妳不幸失控亂大小便，我絕對不會尖叫責罵妳。

第二，妳想包尿布到國中都沒問題。

第三，出門在外千萬別憋尿，否則女孩子很容易尿道發炎。

第四，如果以後妳有便秘的問題，我可以教妳一個狗媽媽多多的絕招，那就是順時鐘方向原地繞三圈，通常這樣就會感覺到些許的便意了。

每天大便很重要，晚上尿床誰能料！這是爸爸送給妳的第一句醒世警語，希望妳安然度過佛洛依德說過的幼兒肛門期之後，不要因為對於自己的排泄控制產生無力感，或者是恐懼屎尿的不潔感，導致妳長大之後變成一個適得其反的潔癖強迫症患者。出門之前不敢多喝水，因為怕尿多；真的想尿尿大便又不敢在外面廁所，因為怕髒。一個人如果搞到這樣神經緊張過日子的話，自律神經失調、歇斯底里、憂鬱症等毛病馬上就會找上門來。

想尿就去尿，想愛就去愛！這是爸爸送給妳的第二句醒世警語。

小便和大便是生理需要的基本滿足，愛情則是以心理需要為出發點的高階滿足，這是一個哲學上的思辨問題。

「男女之間，先有愛，再有性？還是先有性，才有愛呢？或者是愛與性同時發生？」長大後的妳丟給我一個這麼高深的大哉問。

「愛是一種心理狀態，妳去愛別人，是因為妳感受到愛別人的快樂，被人需要的快樂。但是如果有一天妳全心全意地很用力去愛別人的時候，別人卻反而不快樂，這或許就是因為妳的愛給了對方壓力，讓對方快要窒息喘不過氣來，這種心理狀態的愛就是變態。簡單來說，愛是建立在讓別人快樂的前提之下，連帶也使自己快樂的一種健康關係。」

「我懂了，爸爸，就像你從小到大在我面前搞笑，掩護我的小調皮犯錯，替我頂罪，害你常挨媽媽的罵，而且你很會自娛娛人，從小帶我很辛苦，可是你很會自己找樂子。比如說小時候我們去公園沙坑玩沙的時候，在毒辣的太陽底下一待就是兩個小時，但是你從來不催我趕快走，你不像其他的爸爸媽媽，自己受不了，百般無聊之下就把小孩從沙坑帶走，那些小孩每次都是哭得一把鼻涕一把眼淚，被那些自私的父母像犯人一樣架走。不過我有注意到喔，為甚麼爸爸你這麼喜歡帶我到沙坑玩沙？」

「為甚麼？」

我忽然驚覺到在網路世代長大的小孩，真是不簡單，爸爸的禿頭頂上有幾根毛、是不是有戴一頂假髮，根本瞞不過他們，從小看水果日報當消遣的年輕人，其實那些大人之間狗屁倒灶的事情，一切都很瞭！所以我勸所有的父母最好是跟小孩老老實實地坦白從寬。老是一副板起臉孔嚴肅爸爸的模樣，西洋鏡一旦被拆穿之後，就跟那位去汽車旅館被捉姦的立委大人一樣，爆料跟拍上頭版的新聞一旦見報，會讓原本正義凜然的男人形象十分難堪。

「因為陪小孩去沙坑的媽媽居多，爸爸比較少。辣媽們蹲在地上跟小孩玩的時候，從前面可以看到某種程度的爆乳乳溝若隱若現，從後面則能夠瞄到低腰褲蹲下之後屁股溝的雙臀夾縫處。乳溝加股溝，春光藏不住！一方面照顧小孩，另一方面眼睛吃冰淇淋，一兼二顧，摸蜆兼洗褲。爸爸的心思，我很清楚喔！好了，不糗你了，你剛剛只談到愛，性呢？先有愛或先有性，你還沒回答我這個問題耶？」

「性關係的建立基礎在於兩個人的肉體結合，一男與一女，是世俗認同所謂正常的，男與男叫同志，女與女叫蕾絲邊，三人以上叫做多P，這些我不便多做道德上的批判。性與愛的發生順序，跟先有雞還是先有蛋這個問題一樣，很難回答，不過我認為愛比較複雜，但是人們常把愛簡單化了；性比較簡單，但是人們又把性複雜化了。比如說，有獨佔性的愛就不是愛，要求回報的愛就不是愛；妳以後要嫁給一個女人當T婆，我堅決反對，然後跟妳斷絕父女關係，我認為這就不是愛。跟某個對象發生了性關係之後，就把信用卡交給對方，幫他辦銀行貸款，任他打罵羞辱都逆來順受，因為妳認為自己已經把身體交給他，已經是他的人了，那我認為這就是把簡單的性關係複雜化了。妳懂我的意思嗎？」

「我瞭了，老爸。生理與心理的需求，有時候可以單獨作業，有時候同時作業，不管單獨作業或是同時作業，最重要是清楚自己在幹甚麼，自己能不能夠當自己的主人。就像是小時候你訓練我大小便一樣，從來不帶給我壓力，尿在你身上也不會大吼大叫。我的生理需求在滿足的過程中，從來沒有面對過心理上的焦慮與壓力，你教我的這一課，就是活在世上只要對得起自己就好，不要擔心可能會對不起別人這個問題，自己對自己負責，是吧？」

「沒錯！愛與性的先後發生順序，是很難預料的，就跟妳媽媽的便秘問題一樣，有時候想拉，卻又佔著茅坑不拉屎，明明出門在外找不到廁所，卻突然又肚子痛馬上要拉個痛快。」原來小時候的如廁訓練，竟然會影響到一個人終其一生的心理與生理健康，不可不慎啊！

3. 第三堂課：角色扮演（cosplay）

小虹，爸爸最喜歡推著小時候坐嬰兒車的妳到台灣大學，欣賞日本漫畫同人誌的cosplay真人表演，妳看到這麼多漂亮姐姐把自己打扮成漫畫中的想像人物，妳那好奇的表情十分開心。人生本來就是一場戲，隨著時空與場景變化，我們隨時要演好自己不同的角色。有的人一輩子受到角色期望制約影響太大，比如說我想要妳長大考上台大當醫生，妳為了迎合我，搞到最後變神經病。所以我建議妳，角色期望的扮演在於妳自己要不要入戲，演得開不開心，而不是來自於滿足他人的期待，自High最重要。

爸爸雖然看似玩世不恭，但是很欣賞佛家所講的「我執」這個說法。每個人都會執著於「我」到底是誰的妄念，妳一旦懂事之後也會每天不斷地在心中問自己，小虹妳到底是誰？西方心理學家則是用本我、自我與超我來進一步分析解釋，這個理論需要妳用一輩子來持續追尋答案，我無法用啟發引導的方式來幫妳分析。

不過我可以這麼告訴妳，小時候我很不喜歡我自己，我很矮又很瘦，有點鬥雞眼加牙齒漏風，國中之前沒有任何一個女孩會正眼瞧我，別人去教室把妹我只能站在門口把風。為了爭取別人認同，我非常在意別人眼中的我是甚麼？也就是說，我是靠別人眼光的外在投射來界定自己的形象，我擅長迎合別人的喜樂需要去扮演自己，在不斷取悅別人的過程中，得到關於「我」的肯定。小時候我變成了班上同樂會的小丑，長大後變成了公司尾牙的開心果，我很會嘩眾取寵，我漸漸失去了自我。

「看，矮仔猴，拿一百塊來讓我們吃冰！」

國小的時候我會從家中偷一點小錢去滿足班上同學的需要。

「靠北，我們去打人你只會站後面喔，這次給你衝第一個！」

從此之後，老爸幹架每次都是一馬當先、不落人後，兇殘毒辣的狠勁與口碑，為我搏得一個江湖上聞之喪膽的「矮腳虎」名號。

但是我發現，為了取悅別人去做一些違背良心的事情之後，我還是不快樂。用金錢去交朋友，那將是永遠也填不滿的無底洞；為了無聊的兄弟義氣去傷害無辜的人，那是白癡行為的傻裡傻氣。

有了妳之後，我終於知道扮演一個好爸爸是需要多麼大的勇氣了，因為我已經不會在意別人怎麼看我，能夠忠實地做我自己。

「卡卡先生，你怎麼星期一都不用上班呢？現在是專職奶爸嗎？」問這話的老吳是一位鄰居中的包打聽，專門窺探社區中大小隱私、道人長短。

「工作彈性，小孩第一嘛！」我驕傲地溜著直排輪推著嬰兒車，帥氣地從他身邊呼嘯而過，急剎之後還來個一百八十度的高難度迴旋，坐在嬰兒車的妳，好像有點無法對抗這樣高強度的離心力，嘴巴發出咿咿呀呀的聲音。

現在當奶爸的我，扮演的是一個讓我自己非常開心的角色，妳懂嗎？

當然，妳在三個月大的時候，那幾天晚上趁著妳快要入睡的重要關鍵，我會偷偷地先把一套白色護士衣服放在妳媽媽的床邊，準備等妳熟睡時，叫媽媽穿在身上，等一下我也要來個醫生和護士的角色扮演遊戲。對，沒錯，就是妳在醫院剛出生時，產房那位超辣護士小姐穿的那件有拉鍊的窄裙裝，我花了好大一番功夫才從網路上訂來的。

「小虹睡了嗎？」

「差不多了，可是我好累喔，可不可以別吵我？」

「拜託好不好？我已經憋很久了，妳知道嗎？我如果現在推去火化場燒一燒，撿骨的時候一定會出現好幾顆晶瑩剔透的舍利子？妳懂嗎？」

「這跟舍利子有啥關係？」

「因為禁慾過久，已經在我體內前列腺，形成某種肉羹狀的黏稠物質了呀！一上火就燒成了舍利子，趕快穿上衣服，別囉嗦。」

「好啦，煩死人。」就在我也準備掛上聽診器，穿上白色醫生服的同時，小虹妳突然間哭著醒來。這時候我完全呆住了，心情Down到了谷底，腦海中浮現出古裝武俠劇的一段畫面，那就是一個沒有人性的可惡土匪闖進民宅當中，當著狂哭的小孩面前，準備對她的媽媽……

天人交戰之下，我最終還是選擇關門離妳媽媽而去，不甘心地到樓下書房睡覺去。這場角色扮演的精彩好戲，爸爸在布幕剛剛拉開之際，很不情願地選擇謝幕落跑……上台容易下台難啊！不過這樣的退場，總算是對得起自己的良心。

4. 第四堂課：霸凌（bully）

霸凌原本是一種長期存在於校園中的現象，指的是孩子們之間的一種惡意欺負行為，一旦妳被鎖定為被霸凌的對象，妳將持續性地受到這種蓄意的傷害，包括言語或被排擠、甚至暴力方式對待。長大後的成人世界也充滿各式各樣的霸凌，簡單地說，就是中國文學大師魯迅口中的「人吃人的世界」。

爸爸今天要講一堂非常嚴肅的課給妳聽，因為以後妳會面對無所不在的霸凌問題，包括或許有一天妳到國外所碰到的種族歧視，都是屬於霸凌問題的延伸，以下我所說的，將會是我這輩子最認真對妳講話的一次喔！

小虹，人是社會性的群體動物，小時候妳需要爸爸呵護，長大後妳會需要朋友，而妳這輩子將會結交到許多好朋友，但是妳偶爾也會犯下大錯，錯將那些不值得妳為他們付出真心真意的壞人當成好朋友，甚至是為了愚蠢指數破表的假義氣，相挺朋友去欺負一些無辜的善良好人。

霸凌是個很嚴重的問題，因為人的天性之中，善惡兩面各佔一半的天秤，塑造一個友愛的環境給人機會變好，人就會變得善良；如果環境惡劣、生存競爭激烈到最高點，人就會變邪惡使壞。我認為不只是在校園，長大後工作的職場，開車在大馬路上，妳都會跟爸爸現在一樣，隨時都會遇到那些喜歡霸凌別人的壞蛋。以暴制暴嗎？這是最笨且最下等的做法！跟著那些壞蛋一起使壞，加入他們一起欺負別人嗎？這更是讓人墮落到最低級的白癡行為。那該怎麼辦？

爸爸在十八歲時第一次到歐洲自助旅行，那時我的第一個行程是到德國的柏林，在布蘭登堡剛倒下的柏林圍牆殘骸中，觀賞東西德統一的歷史性畫面。太感人了！數十萬人不分男女老少，不管陌生人或是好朋友，只要迎面見到人就互相熱烈擁抱。場面十分溫馨，但是也很容易讓人失去戒心，這個時間點就是容易出現意外狀況的最佳溫床。

當我沿著布蘭登堡大道的小巷弄，想找一家酒吧喝杯爽口清涼的德國黑麥啤酒之前，幾個惡名昭彰的德國新納粹光頭黨早已經把我鎖定，趁著四下無人之際將我毒打一頓，邊打還邊對我說：「劣等的小亞洲人，滾回你的國家去！」

在歡樂氣氛的最高點，通常都是悲劇最容易發生的時刻，而且是讓人防不勝防、突如其來的意外，這點要特別小心。

我在德國遇到的經驗叫做「種族主義霸凌」，這樣的霸凌理由只有一個，因為我長得跟大多數人不一樣，單憑膚色就把你打到十八層地獄去。我是一個左派社會主義理想人士，看似狂放不羈，其實嫉惡如仇，最恨以強凌弱的霸凌壞蛋。所以以後不管妳犯了甚麼錯，我都可以原諒妳，唯有一點我絕對不會允許，那就是欺負那些跟妳長得不一樣的人，比如說外籍勞工或是外傭，甚至去嘲笑別人有缺陷的外表，跟著同學去戲弄比妳弱勢的可憐人。這句話對妳說得很重，但是我絕對絕對不會容忍妳這樣的卑劣行為。

就讓我跟妳說說我剛去法國留學註冊的一段小故事，故事比之前所說的略微冗長些，但妳聽完後就會知道被人霸凌歧視是甚麼樣痛苦的滋味。

「可以冒昧的請問您一個問題嗎？」法國里昂大學註冊組秘書看著我的入學申請資料並禮貌地問我。

「當然可以，用一顆歡樂的心。」我試著用同樣文雅的法文回答。

「您是申請政治避難的難民嗎？」註冊組小姐斜眼瞄我問道。剎那間我傻了眼，一顆熱愛法蘭西共和國的心頓時被澆了一盆冷水。我心頭想著，難道我長得這副第三世界亞洲人模樣就是來尋求政治庇護的嗎？我們亞洲四小龍的大台灣經驗您們難道不知道嗎？但很快的我恢復了平靜，從容地回答她：「告訴我，如果我說我是申請政治難民的話，是不是有減免學分或拿獎學金的好處？或是可以比較快畢業呢？」

當我又興沖沖的準備好所有證件要去市政府辦理學生簽證（文件很複雜，過程很囉唆，而且當你排在與阿拉伯人、黑人在一起的非歐盟成員國區時，真的會覺得自己是來申請政治庇護的），又因為一張財力證明資料不齊全，被刁難了許久。我悻悻然的把我皮夾中所有的花旗金卡，甚麼大來小來卡，運通萬事達卡，全翻給他看。告訴他，資料不齊是不是？這些卡拿去驗驗看吧？五個月後我終於拿到了效期一年的學生簽證。

本來爸爸我在以前所認識的所謂種族主義者（racist），應該就是德國那些穿皮夾克的光頭黨吧！每天以毆打有色民族為樂，喊著希特勒口號，舉著新納粹手勢。沒錯，這種約定俗成的種族主義刻板印象是我們所認識的，在歐洲有一種說法，把這種人稱之為無可救藥的膚色種族主義者。

但在法國所感受到的種族歧視，除非你好好待上一年半載，否則你感受不到。在法國走在路上仍然很安全，不像在德東，某些危險區域到了晚上是根本不能去的（就像我在德國柏林布蘭登堡門附近被光頭黨圍毆的經驗），因為此種以暴力為基礎的生物性種族主義，在法國已經被提升到另一個更高境界了，那就是所謂的文化性種族歧視，以種族文化性的優越理論做為出發點。

根據歐盟反種族主義組織的一項調查，有百分之三十的法國人直接承認他們不喜歡外國人，但奇怪的是，我的法國朋友都沒有人會承認他們是種族主義者。他們往往對我說：「像你們亞洲人就很好，兢兢業業、不吵不鬧。我們很喜歡你們，但是你看那些郊區的阿拉伯人，一個比一個壞。」

剛開始我很沾沾自喜此種理論，亞洲人名聲如此優良，而且甚至我也自認為比那些阿拉伯人高了一等（也就是說把自己變得白了一點），不自覺的，我也掉入了種族主義理論者詭弔的陷阱了：文化性種族歧視的先驗決定論。這個理論可怕的地方在於，它把一個民族的墮落與變質歸諸於他們種族與文化的劣根性。例如：美國黑人因為腦容量較小，應付由白人出題的智力測驗成績較差，所以他們社會競爭性差，犯罪比率較高；伊斯蘭教徒由於天性好鬥，懶散成性，所以好吃懶做惹事生非，支那中國人的奴性太強，需要把他們皇民化等……

每次走在飄揚著象徵著自由、平等、博愛，藍白紅三色旗的法國土地上，心中總是百感交集，心中常常會浮現一些台灣景像的畫面。例如選舉時種族族群的紛爭，捍衛台灣人、外省豬滾回去等的可怕口號。我現在是一個閩南語廣播節目主持人，我用我的母語優勢在台灣討口飯吃養活妳，可是我完全不贊同某些人因為不會講台語就被視為不認同台灣（就像我在法國講法文有亞洲口音，而在課堂上被視為較低等一樣）。

爸爸身為一個道地中部農村子弟閩南人，過去也曾經掉入一些捍衛台灣人身份的種族主義迷思的陷阱而不自知。我也曾義正詞嚴、慷慨激昂的為自己身為多數派的台灣人身份，而把過去歷史所有的罪狀怪到外省人身上（之前我說過妳爺爺被一位外省老國大代表掌摑的往事），也曾經刻板的認為客家人就是小氣（卻不知原來我有福佬客的隱性血統身份），原住民就是愛喝酒（爸爸可能也有平埔族血統），甚至認為來台灣的外傭比較窮，就可以任我們台灣人任意使喚。種族主義的幽靈是無所不在的，而當我們被這種集體煽動性的生存危機感，進而挑起人與人之間的仇恨的時候，想要再撲滅它往往很難。

爸爸之前總覺得自己很另類，總有語不驚人死不休的獨特想法，但是從小到大我也受盡了別人各種無情的嘲弄與排擠，只因為我的想法跟別人不同，只因為我想忠於自己並且做自己。等妳長大到了學校後，妳的姐妹淘們如果正在起鬨捉弄可能是一位講話結巴的大舌頭、或者是自閉症、癲癇症的生來不幸的同學時，請妳務必要勇敢站出來，大聲地對這些原本是妳的好朋友的人說：「請大家放過這些其實需要我們幫助的人好嗎？要是不想伸出援手，至少也饒過他們，leave them alone！」

小虹，還是那句老話，一個良善的人，並不是腦袋上隨時頂著道德光環的假道學正義之士，一個真正的好人，就該跟妳老爸一樣，絕不會平常滿口仁義道德，私底下卻行雞鳴狗盜之苟且卑劣情事。不過，在適當的時間和地點之下，該出手就出手，該說話就要說話，做人不要昧著良心。知道嗎？

5. 第五堂課：刻板印象（stereotype）

小虹，妳是一個可愛的小女生，可是很多女性生來都被人用許多偏見看待。人類常常對於某些特定類型人、事、物，會用一種概括性的簡化看法來做定論。通常，刻板印象大多數是負面且表面的，這些凡夫俗子往往無法從事情的表象看到事實的真相，就像爸爸一樣，猥褻的外表之下藏著一顆最純真的心。

小虹，我又要說我的法國故事了，妳要有心理準備，這輩子我隨時隨地都會信手拈來，講一些我的法國經驗給妳聽喔！因為那是一段我人生中最美好也最有感觸、最有Fu的三年時光。

話說以前在法國留學的那段日子，與法國朋友閒聊時常常被問到諸如此類的話：「您喜歡法國嗎？」

「是的，我很喜歡法國。」我很有禮貌地回答。

「那麼？您的學業結束後，您會繼續留在法國嗎？」他們喜歡用這句話意有所指地追問，而我總是張口結舌地不知道該怎麼回答。

一開始到法國時，我會如同所有善良純樸又帶點驕氣的台灣留學生一樣，不厭其煩且掏心掏肺地向他們解釋自己內心最誠摯的看法。因為一些剛到外國的台灣留學生，十之八九都會肩負著一種傳播台灣經驗給外國人知道的「歷史責任使命感」。

我會從八國聯軍和甲午戰爭，口沫橫飛地講到七〇年代台灣的經濟奇蹟，政治解嚴後社會的繁榮富裕民主成果，一直講到雷曼兄弟金融風暴時台灣的屹立不搖，順便下點工夫做國民外交並宣揚國威。

然而當我每次講完後，望著他們似懂非懂的昏沉眼神及強忍著哈欠的表情，我會眼角濕潤地帶著一種五四運動悲壯精神、台灣新有為好青年的神聖態度，以及民初時代留法勤工儉學運動憂國憂民的悲壯與堅定回答他們：「我會回去台灣。」

這些法國人似乎有點後悔問我這個問題，因為必須聽完我的一大堆廢話之後，才得到這麼一句他們打從心底根本不相信的答案。

久而久之，被類似的問題問得有點不耐煩之後，再加上在我每次口沫橫飛、慷慨激昂有如蔣介石廬山講話的一番陳述後，換來的竟是那些老法臉上所流露出半信半疑的表情，彷彿告訴我：「少蓋了，你們這些來自第三世界國家的外國人（基本上，除了西歐、北美等第一世界國家的人以外，我們都被歸類成較落後國家人民，如果再加上您又長得比較黝黑矮小的話，法國人會把您歸類成東南亞來的政治難民），哪個不是想留在法國享受我們的社會福利，只要找個法國人結婚（斷手斷腳的都沒關係），專心生三四個小孩，不用工作就可以在法國不愁吃不愁穿了，何必講得如此冠冕堂皇、義正嚴辭呢！」

由於長期與老法朋友對話得不到共鳴的挫折感太大（因為我聽不到我預期中，諸如「您真是一個愛台灣有為的好青年」等之類的答案），慢慢的我也有點意興闌珊，跟他們講話開始學起法國人的愛理不睬，但想想這樣消極的態度有可能會讓我步上明朝政府在一四七四年鎖國閉關的後塵（《明朝那些事兒》一書有說過），應該要化消極被動為積極主動才是。因此以後如果又有法國人問起，「以後您會留下來」等此類問題時，最後我終於找到了一個最簡潔有力，又帶點民族尊嚴的法國式回答方法，只需一個字就可以讓他們啞口無言，那就是：「pourquoi（為甚麼)?」

對我來說，這個寓意深遠的字代表著以下三點象徵意義(附註：在我回答「pourquoi」的同時，我的腦中通常會無意識地閃過一些八國聯軍火燒圓明園的片斷畫面，以及台籍慰安婦在南洋茅屋中面對日本士兵猙獰面目獸行的驚恐)：

一、在我回答這個問題時，我必須先了解您問這個問題的原因，否則我不予回答。

二、我想知道您為甚麼問這個問題，是不是潛意識裡您藏有排外仇外的極右派思想，是否因為您不喜歡我們外國人留下來……是否您認為這些來自第三世界國家的學生都是潛在未來移民族群，是否您認為台灣很落後，請您說清楚講明白。

三、請問您，我為麼要留下來?您是不是認為我們這些落後國家的人來這邊讀書，就是為了讀完書之後要圓一番法國夢呢?告訴您，法國總統沙科吉跪下來求我，我都不想留下來呢(漂亮的總統夫人布魯妮求我則會勉強考慮一下)!

小虹，妳以後有機會也該出去國外走走，但是一個東方女性在國外會接收到雙重的刻板印象欺凌：亞洲與女性。但是妳千萬不要把自己看扁，也不要過於患得患失，送妳四個字的口訣：不卑不亢。傳播理論中所提到的：「訊息溝通互動中，做好傳播者與接收者平等且良性的互動反應。」這句話翻成白話就是：「白人朋友聽好，我會好好聽你的每句話，但是輪到我說話時，我不只是一個只會回答『是』和拼命微笑的東方小女人，在我不贊同你的同時，我也會毫不客氣地反駁並講出自己的觀點。」

再者，絕對不要抱著一種去國外就是要找帥哥老公的超瞎想法，因為我看過太多台灣女生只要能巴著一個隨隨便便都好的老外，就渾身上下踐個二五八萬聽三六九萬一樣，真的是瞎很大！

我不反對妳嫁甚麼黑人或印地安人，妳要當T婆女同志都行，可是不要為了某種對「外國男人都很溫柔都很好」的錯誤刻板印象，而沉溺於這種膚淺的謬誤迷思之中，讓妳陷入可笑的崇洋與媚外。

打破「外國月亮比較圓」的國籍與人種迷思之後，妳才有辦法從「女性偏見刻板印象」的陷阱中逃出來，妳才會恍然大悟，原來「外國男人有夠瞎」！妳才有辦法去客觀公平地對待身邊所有跟妳不一樣的人。當妳的朋友罵著「偷男人的大陸妹」和「死肥豬的笨菲傭」……這些不堪入耳的種族主義言論時，妳才有勇氣站出來發出正義之聲。

對了，妳應該不知道妳姐姐小扉的事情吧！我跟妳媽媽結婚多年，兩人本來一直都沒生小孩，身為幼教老師的媽媽覺得這樣說不過去，教別人小孩的老師自己卻都沒生小孩，對外好像缺乏點說服力。我們經過了多次的試管人工受孕努力，原本已經做好放棄養兒育女的心理準備，心想夫妻倆自由自在地過活也不錯，但是此時卻意外傳來喜訊，媽媽懷了姐姐小扉。

醫生一開始說原本植入體內的人工胚胎有兩個是成功的，一個疑似是男孩，另一個疑似是女孩，醫生語帶保留地暗示他們，女孩的活動力較強，言下之意是希望能留下女孩，不要執意進行胚胎篩選，讓男女嬰失衡比例的問題繼續惡化。不過見多識廣的醫生知道重男輕女的毛病在台灣仍然嚴重到不像話，大多數進行人工受孕的父母們幾乎都會留下男孩，而且是寧願留下一個體質較差的男孩胚胎，也不想以優生學的觀點來做考量，留下一個體質較好的女孩胚胎，因為這些好不容易求子做人成功的夫妻，還是要向家中的祖宗八代神主牌交代，當初我看著妳媽媽，毫不猶豫地說道：「傳宗接代的名義只不過是個藉口，男女不打緊，小嬰兒身體健康才重要。」

一定要生男孩的偏執迷思，是一個傳統華人社會的潛規則，生不出男孩，分家產免談！也有點像是美國小孩過萬聖節喊的那句口號，「不生男孩就滾蛋」！

「醫生，雙胞胎也不錯，但是如果只能留下一個的話，我們決定留下女孩！」原本終日嘻笑怒罵的爸爸很認真地說。聽到爸爸所說的每一字句是如此堅定認真，媽媽的淚水已經快要奪眶而出，心想當初真的沒有嫁錯人。

這就是妳姐姐小扉誕生的經過，看似嘻笑怒罵的爸爸，是一個有原則有底線的漢子，我愛妳們兩個女兒，也感謝把妳們生出來的媽媽，雖然妳們這段時間剝奪了我許多一個男人應有的福利和權利，有點像是關在牢裡面，不過我在「心牢」裡面卻很幸福很滿足，男人守活寡、坐心牢也是讓自己好好修行的難得機會，並且反省回顧我的一生。

社會學家說過，有了女兒的爸爸會變得很左派，我現在不只是左派，還是超激進的切．格瓦拉信徒、日日春性別平權擁護者。說實在的，妳爸爸這一套想法在台灣是混不開的，在全球化向錢看的浪潮下，是注定要被浪花衝垮到海灘上奄奄一息的。不過，人活在世上，至少還要有一種信仰，沒有了信仰，再多的名利與權力都很虛幻。台灣人是從眾性的團體動物，喜歡不分是非地瞎起鬨。大家早上看盤買基金股票，畢業後能去美國就趕快閃，嫁個外國人好招搖，妳到了三十還未嫁，馬上就有人說妳可能不喜歡男人吧！沒關係，別管這麼多，嚴肅的爸爸現在告訴妳關於我的這些價值觀，希望妳能夠一輩子受用無窮。

6. 第六堂課：代罪羔羊（bouc-emissaire）

小虹，有時候爸爸心情不好，可能是在公司受了點窩囊氣，也或許是晚上男人方面的表現不好被妳媽媽唾棄，惱羞成怒之下，我就會不小心罵妳，找妳出口心中怨氣，這時候妳就變成爸爸的臨時出氣筒，也就是一隻無辜的代罪羔羊。這樣的表現其實反應出爸爸內心的無能與焦慮，把氣出在別人身上是很糟糕的一種行為，有本事就自己解決問題，這才是敢做敢當的好漢！又要跟妳說段我在法國的小故事了，爸爸曾經也深刻地感受到當代罪羔羊是一件多麼無辜的事情。

當時歐盟剛成立，為了要照顧歐盟的一些窮國，原本富有的法國社會變得有點不大景氣，失業下岡在路邊要錢的人愈來愈多，每次上下地鐵時總要經過一大群遊民，有時被囉唆得煩了，便跟他們說：「您窮我也窮，亞洲金融危機搞得我們要鬧革命了，搞不好明天我就跟您一起來要錢了。」

有一位研究新納粹種族主義的學者曾說過：「當一個國家在經濟社會層面開始

出現困難的時候，民眾就會把這些問題歸咎到某些族群身上，也就是會開始找尋所謂的代罪羔羊。」

舉例來說吧！東西德統一後，原本習慣於共產主義平均分配的東德人卻開始面對嚴重的失業問題，而後來蜂擁到統一德國的兩百萬土耳其外籍勞工往往成了種族主義眼中的代罪羔羊。近來法國極右派種族主義的論調也極為甚囂塵上，法國人優先的論調大行其道，就因為不景氣的關係，法國人把罪狀歸諸到這些廉價外籍勞工的身上，台灣不也是一樣嗎？

撇開這些不談，其實法國這裡的生活還不賴，一個月五千塊新台幣的外國學生租房補助，法國政府對於外國人真是有夠慷慨。對我們這些長期生活在充滿壓力與競爭的台灣人來說，如果人世間真有天堂真有黃金國樂園的話，這裡應該就是了。

但是，小虹妳知道嗎？我一點都不想留下來，因為那不是我的國家，我不想隨時隨地有可能被某些偏執的法國人當做代罪羔羊。是的，我曾經不只一次地想過，留在這裡多好，一個出門看到任何陌生人都會互道早安晚安的國家；一個電視新聞中，只會報導如何保護小孩免受傷害，如何鼓勵藝文活動，看似完全沒有暴力血腥的國家；一個冬天可以去阿爾卑斯山滑雪，夏天可以到蔚藍海岸度假的國家；一個只要台幣三百萬就可以買到台北天母區有游泳池別墅級數的國家；一個一星期工作不能超過三十五個小時，失業有救濟金的國家；一個……

但是，經過了這三年的生活，如果有法國人再問我要繼續留下來嗎？我的答案還是：不！不錯，您們的國家每個人每天都不停的道早安、午安、晚安，甚至睡覺安，但遺憾的是，我看不到您們臉上是帶著喜悅誠懇真誠的笑容來說它，甚至連眼神的交會也沒有。在我的故鄉台灣，我們不興您們這一套，看到別人時我們或許只會木訥靦腆的點頭一笑，但其中多了一點誠懇與實在。

沒錯，我們的電視新聞充滿了暴力犯罪？聳動媚俗化，但這只是媒體過度開放百家爭鳴後的脫序現象，在法國您們有嚴格的廣播電視法把關，報喜不報憂，粉飾法國社會的太平不失為維持一個歌舞昇平的好方法；不錯，台灣放假時大家只能一起聚在高速公路這個大停車場一起咒罵，但是休閒生活精緻化的文化軟實力提倡，相信不久的將來我們也能如法蘭西民族般的附庸風雅，拿著高腳杯在草地上裸體野餐。您們放心，我不會，也不想留下來。這就是「愛台灣」啦！

剛剛有點激動，偷偷告訴妳，「愛台灣」這種話其實只是喊爽的啦！我坦白說，當初要不是妳媽媽死命地不放過我，放棄了小學教師鐵飯碗的工作，厚著臉皮跟我到法國讀書，害我到法國無法交往到任何一位金髮俏妞，否則如果有法國女人要嫁我，說不定我還是會留下來，所以人活在世上千萬不要把話說死，知道嗎？

說正經的，以後妳如果犯了錯，千萬不要把責任都推到別人身上，做人要勇於承擔，千萬不要去找一隻代罪羔羊來替妳頂罪。妳現在最喜歡的卡通是「喜羊羊」對不對？活在這個隨時都會出現灰太狼的現實社會中，妳要懂得提防這些可怕會吃人的惡狼，不過千萬也別當一隻笨頭笨腦的大肥羊，緊急生死關頭的時候，可不要懦弱地逃避責任，這就是羊群與野狼的法則，未來世界情非得已的生存之道。

今天我寫到這邊已經是晚上十一點了，聽到樓上妳跟媽媽好像都已經睡了，於是我躡手躡腳深怕把妳和姐姐吵醒、興沖沖地拿著那套網路郵購的性感護士服上樓去。一個身為十分有深度的作家爸爸，每次在用腦過度地寫出一篇篇感性文章時，我的生理與身體很需要深層的紓壓與放鬆。

「老婆老婆妳醒一醒，快快快，走過路過、千萬不要錯過，機會難得、好好把握……盡孝道要及時，要人道要趕快，愛要趁現在！樹欲靜而風不止，跨下癢會流白帶！快快快……」已經瘋了的我，想把媽媽搖醒趁機會……

「你別煩好不好，我好不容易把兩個女兒哄睡，還要哄你這個大的喔！我要睡覺，滾開。」媽媽說完後一腳狠狠地把我踹開。

老實說，當時我恨透了妳跟姐姐，妳們就是我的怒氣轉移對象：代罪羔羊。不過還好老爸修養真的很好，心情馬上沉澱下來。我下樓去開始靜坐練瑜珈，聽佛樂唸法號，阿彌陀佛啦！謝謝妳讓我走向頓悟之路，佛法無邊，色即是空啦！帶屌修行或許是一種錯誤，我心中有一股悲壯的聲音對我說：不如揮刀自宮，落個六根清淨吧！

身體髮膚，受之父母，剛剛揮刀自宮的想法太不孝了，算了……嗯，好奇怪，昨天小廖又給我那幾片VCD，美乃菜菜子的好料，我放哪去了，現在想看卻都找不到，該不會又被妳媽丟掉了吧……該死，有夠夭壽，浪費討債喔！我趕快去社區門口的大垃圾桶找一找，要是晚了一步，等一下就被警衛搶先拿走。大夜班的那個老兵警衛，聽說都是靠看A片來保持整夜精神亢奮的咧……

7. 第七堂課：打破一切階級與形式主義（anti-hierarchisme）

親愛的小虹，我除了希望妳充分對自己的女性身份感到驕傲之外，也十分期許妳長大後能真正做個不卑不亢的台灣人。就像美國作家亨利．米勒在法國巴黎說過的一句話：「不要只是看到一個褲襠夾著一根大老二的外國人，女人們就主動投懷送抱！」

爸爸在法國三年的生活有許多感觸，回台灣之後跟別人聊天，最忌諱一句話：「我跟你講喔，人家法國人怎樣怎樣……哪像我們台灣人都這樣這樣……笑死人了！」我也喜歡法國，但我生來就是台灣人，法國人也不會因為我說得一口流利的法語就把我當法國人，所以讓我來說一些法國留學的所見所聞吧！這不是在醜化或唱衰別人，只是以後妳有機會出國留學的話，也要學會用這種反思的人類學角度，去看待世界上所有其他國家的文化。

你聽說過法蘭西共和國的陰暗面嗎？讓我為你敲響「哈法族」的警鐘吧！當你看到報上刊登，「台灣留法女學生身中四十二刀，在異鄉巴黎慘遭殺害」時，你知道有多少懷著留學美夢的台灣遊子，在夢幻之地墜入唐人街的賣淫皮肉生涯嗎？

前法國外交部長杜馬與台灣政府，涉及了世界上有史以來最大最骯髒的「國與國賄賂軍售弊案」，杜馬的情婦鍾古夫人在法庭上忿忿地說：「這些道貌岸然的法國人，疑似是國際級的詐欺犯。」讓我們試著用逆向思考的方式，想想關於法國的種種真面目，這一切，是你不可不知的另一面法國！

嚴格來說，法國人是一個神經質的民族。他們的對答方式很奇怪，永遠都是在一種互相反問反答的過程中進行的，然而卻永遠沒有結論。

在街上、在課堂上、在酒吧裡，有時候你會有一種錯覺，怎麼每個法國人講話都是拼命聳肩、撇嘴、搖頭，簡直就像鬥氣吵架一樣。當然，他們的音調比起義大利人或西班牙人，是小聲了一些。可是你千萬別真的以為他們在爭吵，他們其實是樂在其中。有一次我跟一對法國夫妻開車出門，沿路上他們倆您一句我一句，用一種法國式的神經質及接近歇斯底里噪鬱症的鬥嘴方式吵了一整路。後來晚餐聊天時，他們問我對法國人有何印象。我說：「好像每個人每天都要自我嘮叨和與人嘮叨鬥嘴一番，而且每個人的意見從來都不一樣。」他們聽完後相對而笑，回答說：「可是我們樂在其中喔！」

由此可知，法國人對於我們亞洲人這種有問必答（而且常常答得太多），而且謙恭溫馴的儒教式點頭答禮，凡是他們說甚麼我們都說oui（yes）的應答方式（當然有時後是因為我們口語及聽力能力不足，而不知道怎麼回答的緣故），產生了某種程度的奚落與不予置評。他們會認為：「怎麼我說啥您都說好，您是真的想說好嗎？您要是覺得不好就直接說不好，要是聽不懂的話更不要裝懂，真是搞不懂您們這些小眼黃膚的民族，表面上唯唯諾諾，葫蘆裡不知賣的是甚麼膏藥？」

一個以自我為主的低信任度法國社會

一位名叫H.Ahlenius的法國作家，曾經針對法國人的極端個人主義做過如此的批評：「在法國，個人主義已經常常變成了公民道德意識的公敵，尤其是在愈關鍵的時刻，個人主義扮演的角色反而愈明顯。」

日裔美籍作家法蘭西斯福山也曾在他的《誠信》一書中談到，關於法國人的面對面關係，他說：「法國人的彼此信任度很低，而傳統的法國中產階級更是以自我為中心，最關心的只是本身的地位。而法國傳統文化深層結構裡，本來就很不喜歡人與人之間面對面的關係。雖然一七八九年法國大革命推翻了教會與封建，但是階級貴族的意識至今仍然存在，不同階級老死不相往來的情況也未曾改變。」

的確，來到法國讀書之後，深深的感受到這種法式個人主義所帶來的疏離與冷漠。而且我發現這種疏離與冷漠，通常會很矛盾地伴隨著人與人之間極度有禮貌的言行。來自傳統儒家社會的我，根深蒂固地認為，禮貌的表現通常必須發自內心，並伴隨著誠心與尊敬。但在法國，禮貌的表現，卻是用來與人畫清界限與界定彼此階級不同的工具。

舉例來說，法國人每日說早安您好的次數非常之多，但是當我回應他們時，卻往往搜索不到一個誠懇交流的眼神。他們說日安好像已經變成一個社會加諸他們的義務，代表著他們受過教養，但是他們卻極力避免眼神的交流，以防止更進一步的接觸。但是台灣人不同，說聲您好時還要伴隨著點頭的動作，問對方吃飽沒，並看著對方的回應以便進行下一步的對話。因此，我在法國常常不能適應這種表裡不一的法國式禮儀。

由於我在法國常常會錯意、表錯情，慢慢的學乖了。跟同學說聲早安後盡量閉嘴，除非是人家主動問我問題。結果我發現，上課前幾分鐘當十幾個同班同學在教室門口等鐘響時，通常他們都是猛抽煙，在煙霧迷漫中只有一片死寂，不會有人像台灣的大學生一樣，開始呼朋引伴，為晚上去哪裡唱KTV而討論不休。

為了進一步了解這些憂鬱沉靜的法蘭西民族，我開始在書本中找尋答案。根據歷史學家的考證，法國一直到了十六世紀路易十三時，才開始有所謂的宮廷禮儀。這種宮廷禮儀強調的是男性貴族對仕女的騎士精神禮儀，以及各個小公侯國的貴族對君王的禮儀。因此這種帶有階級識別性的禮儀。雖然慢慢的由十八世紀的中產階級傳播到各個階層，但是在法國大革命以後，由於個人主義自由平等的精神興起，開始與這種界定尊卑的禮儀產生衝突。

現代的法國禮儀仍保有過去繁文縟節的形式，但是其中人與人之間的真誠尊敬已經淡化了，因為法國人認為，人與人之間的尊敬，其實已經包含階級的高低之分了。他們可以對您在語言表達的形式上十分禮貌，但沒有必要在態度上對您百般尊敬。日本式的九十度鞠躬禮、台灣式的拚命點頭微笑，都是法國漫畫中取笑亞洲人的對象。因為在法國，不管您是教授或是長者，都是一樣的階級。這跟中國講究的五倫，尊敬長者和老師等的傳統完全不一樣。

在法國，讓座給老人的場面不很常見，十三、十四歲小伙子毆打公車地鐵司機的案子特別多。上課時聽得不順心，想插老師的話時，根本不會有人舉手，高興吐槽兩句就講兩句。電視上有辯論節目時，通常是您一句、我一句，大家一起吵，人人只想表達自己的高見。法國人的自我意識特別濃厚，但對接受別人意見的程度卻比較差，所以法國人的思辯能力往往都很強，因為當他們與人講話時，腦中想的卻是如何把您剛剛說的話駁倒。

一群寂寞孤單的法國靈魂

熱愛健身運動的我，到了法國的第一件事，就是到處打聽哪裡有健身房，好不容易找到了一間距離住家不遠又便宜的地方，便興沖沖的繳了年費開始每日規律的健身計畫。還記得第一天進健身房時，我很驚訝的發現，每個進來的人幾乎都會公式化的照例以一種法國式的禮貌向每個人握手道bonjour日安，當時我覺得這真是一個富而好禮的國家，看著看著、久而久之，我也學著照做。但是我後來發現，在法國這個仍保存有中古騎士精神的國家，對於同性之間握手的定義，跟我們稍許有點不同，它代表的最主要意義是：我的手中沒有武器，我們的握手代表著彼此無敵意的存在。因此握手的力道不用太重，甚至只要用五根手指輕勾一下即可，而握手的同時，眼神的有無交會也代表著幾點意義：

一、熟識的朋友間，握手時眼神會彼此交會，並問候閒聊兩句，例如：「您好嗎？」「謝謝，我很好，您也好嗎？」「很好，謝謝您！」……一陣沉默之後卻誰再也不理誰。

二、不熟的人通常只握手而不看對方。

三、注意，不熟的人如果太過於專注的看著對方，常常代表著同性戀間彼此確定對方性向的訊號，所以千萬要小心，不要亂真誠一把的看人，除非您是圈中人。

以前由於我每次都會誠懇面帶微笑的與人緊緊握手，因此曾經被一些同性戀者視為同道中人（因為在法國，男同性戀的外表通常不會表現得很女性化，性別的認同與判斷，偽娘與真娘，相當混淆不清），慢慢的，我得到了教訓後（俊俏的我常常被人深情款款的望著），便學會了如何與人握手而不看對方。

在健身房裡，人們很少會主動要求您的幫忙（如果有時您太過熱情主動上前幫忙時，反而會惹人不高興，他會覺得被小亞洲人矮化，彷彿傷到他的法國公雞自尊一般）。整個健身房就好像是一座小型精神病院（跟現在的台灣有點像），不管您是環肥燕瘦，大家都想來這裡鍛練，或展現出自己美好的外在身體條件，來為自己建立信心，但內心也渴望與人接觸。故作冰霜的冷漠外表下，裡面關著的卻是一群有著孤獨寂寞靈魂的人。一方面小心翼翼地維持著人與人之間的平行關係，但另一方面，又怕自己如果先踏出第一步的話，會受到傷害。難怪，有一陣子法國人的自殺率在歐洲僅次於芬蘭，而每個人大量服用鎮靜劑及安眠抗憂鬱藥物的風氣，也造成了國家醫藥保險上沉重的財政支出。

這是一個靈魂極度空虛的社會，每次當我走在法國古色古香，一塵不染的街道時，總覺得這裡的確是安靜又漂亮，但也顯得有點蕭瑟冷清，比起台灣少了點人味。這裡商店關門的時間很早，天色一暗，鐵門全都拉下，只剩少數的櫥窗還有燈光。路邊多的是穿戴整齊獨坐發呆的老人和他的狗，街角一定少不了年輕卻眼神空洞的乞討流浪醉漢（也是和他的狗一起）。尿騷味撲鼻的地下道，七橫八豎躺著年富力強的壯漢和酒罐，夜幕低垂走在舊城區的小巷道時，則要提防被年紀宛如我祖母般濃妝豔抹的老妓女拖進屋裡。

舊時代維繫法國社會的力量主要來自於教會與家庭，但如今這兩種力量都已日漸式微，一夫一妻制快要全然瓦解，法國新生兒有三分之一都是非婚生子女。個人主義的思想高漲，使得離婚率高居不下，使得單親家庭比比皆是。

法國人愛訴訟也是有名的，舉凡度假時旅館的設備跟原先的描述稍有出入等小事，都會寫信申訴的（台灣人現在也有學到這點喔）。因此在這個講究高度法治極端個人主義的國家，人們皆各行其是，凡事皆由個人直接跟政府擺平，失業沒錢找政府拿，生了孩子政府出錢幫您養。因此法國人根本不用像台灣人一樣，必須搞好人際關係、與人為善或以和為貴。在這裡沒有東方社會講究人情的包袱，也沒有東方社會人治儒家制度中，所要求的那種階級尊卑及謙讓包容，凡事絕不站在別人的角度，先設身處地替人著想。

在法國人人先替自己著想（我很認同這點），不過他們缺少一種如何開啟別人心中的缺口的能力，因為他們大多的時間，是自己處在一種半自閉的自言自語封閉狀態中。一方面他們不想干涉別人，另一方面也是不想別人過多介入他們的生活。每天生活的第一件大事就是去開信箱，看看政府補助金入帳了沒。甚至在每年的假期中，也有夫妻會選擇分別去不一樣的地方度假。

有份調查指出，法國夫婦在分別去度假的同時，外遇的比率相當高，但通常在假期結束後，這段出軌的戀情也會自動結束，不會妨礙到之後的正常家庭生活，而且夫妻彼此也不會互相過問。更特別的是，婚姻外的性關係（台灣稱之為通姦罪）在法國不算是違法的，讓我羨慕得要死。小虹，後來我跟妳媽媽提過這個建議，不過卻被她狠狠地打了一個大巴掌。爸爸錯了嗎？爸爸想要去度假錯了嗎？爸爸想要一個人去度假錯了嗎？

我的好女兒，親愛的小虹，這一篇文章會不會突然讓妳覺得老爸其實還蠻有深度的？其實我偷偷告訴妳，如果我的人生可以重來一次，我會選擇當一個人類學家，就像美國總統歐巴馬的母親一樣。人生不只有我在這一篇跟妳說的七堂課而已，只是這七堂課，是我認為一個完整人格基礎形成時，必須要具備的人道主義精神。爸爸是一個過氣的老左派，一個現在只能搞笑的無能左派，但願以後妳也能夠成為另一個歐巴馬。

第二篇

寫在深夜產房生下妳之後……奶爸卡卡仁波切如是說

有了這樣一個低級粗俗的老爸，親愛的小虹，對妳而言，是福不是禍。

以後不管妳長大幹了甚麼大事業或者小勾當，妳都會比我強，妳絕不會比我低級，因為低級是老爸的強項，妳如果真有本事比我低級的話，爸爸也會以妳為傲，叫妳第一名。爸爸的卑微人生、平凡無奇的高不成低不就，不會讓妳在成長過程中感受到任何壓力，妳可以看不起我，最好是唾棄我，然後遠離我，有一天……妳才會真正理解我！

1. 關於奶爸的一段練習曲

「有些事情現在不做，那麼你永遠也不會去做！」

電影「練習曲」的這句對白很有問題，並且害了很多無辜少女，基本上這句台詞我過去年輕時已經用過許多次，是老梗了。最經典的一次是剛認識妳媽媽的時候，那天是情人節晚上，我們躺在陽明山擎天崗的大草原上，地上鋪著毯子，燭台的暈黃柔光映照在紅酒杯上搖曳閃爍著，整個場景的精心鋪陳設計，傳說中那匹擎天崗之狼的標準作業流程SOP，這就是「出大條代誌」的前兆。在花前月下的美好浪漫氣氛中，我就是說了「有些事情現在不做，那麼你永遠也不會去做」這句話，才騙了妳媽媽上當而遭我毒手，旁邊水塘的擎天崗水牛群可以出庭做證。所以小虹，妳要小心喔，以後絕對不要相信任何男人講這句屁話，愈是誠懇，愈是不能相信。要是遇到有人用著視死如歸的口氣跟妳說「有些事情現在不做，那麼你永遠也不會去做」的時候，我教妳用下面這句話回答他：「冷涼卡好！你說得沒錯，但是我現在絕對不會跟你做，Never ever and forever！」

水喔，漂亮，爸爸永遠跟妳together。

好啦，回到正題，我講話就是很會亂跳tone，天馬行空、胡思亂想的典型神經病，不過也正因為如此，才矇混到一座廣播金鐘獎。話說爸爸在前文已經把我童年與長大後的心路歷程講了一大半了，不要覺得我很煩，講那些無聊的五四三，一下子講些深奧難懂的種族主義，過會兒又談甚麼代罪羔羊和喜羊羊，哈欠連連了啦！

喂，沒禮貌，正經點，妳現在是我的心理治療醫生，我向妳吐露我的童年心靈創傷，然後我得到自我療癒的效果，或許可以減輕我現在的精神病病況（雖然我不承認，可是妳媽是說我有病的）。妳前世就是一隻會治病的拉不拉多狗醫生，所以妳應該不會介意這輩子聽我嘰嘰喳喳地講廢話吧！

我承認，一開始講了太多我跟妳媽媽之間的愛恨情仇與床笫情話，我是怕大家以為我很低級、low到最谷底，為了扭轉大家對我的負面形象，我必須在適當的時機轉型，把我的深度與內涵拿出來好好表現表現，不然會讓大家對爸爸建立一種下流的刻板印象，了解嗎？

該是談談妳的幼兒期是如何跟我廝混度過的，爸爸怎麼陪妳度過每一個夏冬晨昏，妳是用盡多少吃奶力氣跟我鬥智鬥力對抗，讓我最後終於把妳操累到昏倒，然後乖乖睡覺不吵。筋疲力盡的我卻又如何努力運動健身，保持我的身心最佳狀況，讓爸爸大頭小頭都頭好壯壯地等妳健康快樂長大，介紹女朋友給我，盡點綿薄孝道慰勞老爸。

爸爸原本是一個自行車迷，參加鐵人三項的好手，我最喜歡的偶像就是美國那位拿過七次環法自行車大賽冠軍的阿姆斯壯，所以我也很喜歡別人叫我「阿姆斯壯」這個外號，但是我絕不允許別人懷疑我的性能力跟兩顆睪丸是不是有問題。因為美國車神阿姆斯壯是一個得過睪丸癌又離過婚的男人，他還是如同神蹟般地復出，他的不朽精神永遠與爸爸同在。

我用田野調查的人類學法則研究過，為何台灣男人最近這麼愛騎車的潛意識心態，因為許多結過婚的台灣男人到了一定年紀，大概是四十歲，襁褓中嬰兒會佔據老婆的所有注意力，或是驕縱過度的小孩正在讀幼稚園，每天只會吵鬧，而略微發福的前更年期老婆每天都性趣缺缺的時候，便會想點舒壓的管道出口，發洩一下殘存於體內已經降到最低點的男性激素。

心念一轉，男人的腦袋便會開始胡思亂想，總該騎點甚麼玩意吧！男人的天性就是喜歡騎著某種會動的東西，既然老婆不讓你騎，勉強讓你騎卻又要死不活，外面的女人又騎不得，因為俗語說得好，上馬容易下馬難，那只好騎輛自行車過過乾癮順便練身體，雖然這輛自行車不會邊騎邊叫，咿咿嗚啊啊（別誤會，是鍊條生鏽的怪響聲），但至少應該是不會鬧出人命關天的緋聞糗事吧！

原諒我，小虹，老爸好像甚麼事都要用佛洛依德的「性的原罪和慾望的本能驅動力」理論來做解釋，各種雙關語和隱喻都圍繞著「男人與性」的主題打轉，那是因為一般的父女根本不會去談這些禁忌的話題，我則是從小就跟妳一五一十地坦白，而且不是倚老賣老地用老人家告誡小孩的口氣對妳說，我是教訓我自己，在妳面前立正站好反省自己。現在各種資訊管道太多元了，妳到便利商店花十五塊錢就可以看到水果日報所有可怕的社會真實黑暗面，許多父親不懂這個道理，直到有一天，女兒到了青春期，開始在網路認識一些奇奇怪怪的朋友，談一些亂七八糟的問題，那時候父女再來好好談心已經來不及了。

讓我們回到自行車這個話題。自從妳出生之後，我再也沒有揪團去騎車了。妳千萬別內疚，原因不只是因為我把大部份空閒時間拿來照顧妳的關係，最主要的是我很怕跟一群人出去一起騎車了。奇怪，以前我很喜歡車友們吆喝瞎起鬨，怎麼突然轉性變孤僻了呢？

因為問題還是在於妳，但我必須再度很謙卑地感謝妳，是妳，徹底且根本地改變了我的人生觀，我不只是變娘了，變得喜歡享受孤獨，也看破了男人們的膚淺與自大。首先跟妳報告一下以前揪團騎車的心理層面分析，慢慢到後來，我逐漸放棄跟一群無聊男人混在一起的經過，以及最終選擇只有跟妳一起享受騎自行車的心路歷程。

想想看，當一群穿著緊身車衣的大肥肚中年男人，牽出那輛經過精心打造改裝的愛車時，男人的心中最在意的事情就是「比較」。比體力的話，有的中年大叔真的沒辦法跟年輕人較勁，只好比較身上的配備和愛車的高檔身價。我有一個車友，平常沒有運動習慣，每次出去都是最後一名，於是他認為一定是車子的問題，從一萬塊的小摺，現在換到了一輛二十萬的義大利畢昂奇純手工碳纖公路車，不過他還是覺得車子性能仍然有問題，每天花在擦車和改車的時間比騎車的時間多，而且擦車時一定把車牽出來放到社區最多人經過的中庭。這跟台灣男人假日最喜歡的休閒活動：洗車，在公共場所仔細擦洗家中那輛百萬私家房車！兩者心態都是一樣的，愛現愛比較。

另外，當一群男人跨上鐵馬自行車準備出發的畫面，像不像是中古世紀獵人們騎馬準備出發去找尋獵物的畫面呢？古時候的獵物有兩種，等待被捕捉的動物，以及等待被俘虜的女人。所以誰能當領隊，誰就有可能多帶一些獵物和女人回家享用，這是人類遠古以來基因演化的天性，不可避免地，也會牽涉到階級尊卑的身份與地位，老大帶頭，後面跟著一群鐵馬戰士從路上呼嘯而過，男人原始的金戈鐵馬、征戰大漠南北的草原游牧民族本能又找回來了。爸爸是最強壯的，當然都是一馬當先，不過每次只騎一小趟山路就要等那些落後苦苦追趕的車友，好累喔！

最讓男性車友賭爛在心中的是，我的鐵人般超強體力，打擊刺傷了許多軟腳蝦好友的脆弱自尊心；再者，有車友回家之後，晚上無法陪老婆，連走路都會腿軟，害我被這些怨婦罵到翻：「你把我老公操壞了啦！我不管，我不管，把我原來的硬漢老公還給我。」

記得妳還在媽媽肚子裡的時候，有一天我下定決心，準備跟爸爸心愛的小情婦談最後分手道別的事（別真的相信我這些鬼扯蛋，現在我寫的是一本小說，我講這些風花雪月都是為了節目效果，妳別當真），畢竟我也是準爸爸了，不能再荒唐下去了，孽緣要了結，情絲該斬斷，剪不斷就會理還亂，大了肚子每天都來家裡亂，我的人生從此變得亂亂亂……於是厚臉皮的我便向這位妖嬌性感的阿姨要求：再給我那個那個的最後一次……機會啦！

當時我意識到我的汽車車牌已經被徵信社的偵探鎖定了，有可能是妳媽媽察覺到我最近的行蹤詭異，常常若有所思的望著天空遠處甜蜜地傻笑，眼神閃爍而且又心思不寧，手機偶爾會出現不明來電顯示和曖昧簡訊，晚上也不再偷偷去床邊煩她，事出必有因，爸爸可能卡到某個風騷陰，所以妳媽媽決定要把我人贓俱獲，捉到社區門口遞煙送檳榔給大家洗門風……以正視聽，端正社會善良風氣。

加上我的房地產、不動產、基金股票全都已過戶到妳媽媽名下，我可不想日後淪落到街頭當台灣犀利哥，所以為了把握這珍貴的最後一次那個那個，人生中最後一次的外遇激情與出軌美好回憶，保險小心起見，我跟情婦見面時決定不開車會合。我們都先把車開到大直美麗華附近的某個大賣場停好車，然後把車上後座的自行車抬出來，穿上車衣車褲，頭上的安全帽一定要戴，加上密不透風的擋風面罩與太陽眼鏡，我跟情婦的全身只露出能夠勉強呼吸的鼻孔而已。然後我們先各分南北兩頭到河濱公園騎一圈，她騎往士林，我騎往南港，確定沒有人車跟蹤，再回到美麗華旁邊的薇閣汽車旅館直接騎車入房。記住，慢慢騎，不能快，否則等一下又會沒力，不小心路上遇到電影「艋舺」的大明星阮經天，你就「軟很大」喔！很高招吧，當初吳立委學我這麼做就不會被捉到，太招搖開BMW X5，別人想不注意你都難喔！

這次的忍痛分手是我為了迎接妳的到來，所送給妳的第一份禮物，我深知作孽多端必有惡報，夜路走多一定會碰到鬼，所以及時收山、金盆洗手來重新做人。小時候有一次妳的奶奶帶我去算命，算命仙說我先天帶雙妻命，小便尿尿的彈道也會開雙叉（台語叫做「必雙妻」），果然，長大後，我尿尿總是會雙管齊下亂噴，無法對準某個具體的目標，這更加深讓我相信對於自己「不幸」的雙妻命這個說法。但是後來我又遇到一個算命師找他化解這道雙妻關卡，他說只要我能夠生兩個女兒就能夠擺脫雙妻命的前世宿緣，所以現在妳來找我了，我也該把現世的雙人枕頭、齊人之福「惡夢」擺脫掉了。

（PS：算命嘴、胡擂擂，千萬不要相信。男人只要想找藉口，就可以隨便編一百個藉口胡說八道給妳聽。）

還好那個女人明理，諒解我的苦衷，爸爸重獲自由了（其實是我的手上握有她的不堪錄影帶證據，威脅她要寄給全世界的人看，我才能安然脫身）。

（PS：長大後要特別小心那些喜歡亂拍照的男人，以前有個T台男主播很喜歡拍他跟女主播同事的親密畫面，他真的就是我的同班同學。）

回歸正題吧！忘記按時吃藥的爸爸剛剛又在編連續劇了（我再次強調那純粹是為了節目效果和本小說的戲劇張力）。妳剛剛滿三個月的時候，脖子變得稍有力了，偶爾可以抱著妳出去外面走走逛逛，我真的不忍心放下妳跟媽媽在家，自己跑出去騎整天的自行車。既然喜歡騎車，又捨不得妳，於是我在妳滿三個月時，發明了一招揹著妳騎腳踏車的方法。

三個月的小嬰兒脖子還不夠有力，無法坐在腳踏車前座的嬰兒椅，承受地面與輪胎顛簸的晃震力道，所以我上網買了一個好貴的美國進口登山嬰兒背包，這個後揹式登山背包可以把妳安穩地固定在我身後，而且妳的頭部高度還比我高出一截，可以看得比我遠喔！妳看看，爸爸從小就培養妳用不凡的巨人高度來看世界，話說給小孩甚麼樣的高度看世界，小孩長大後就會站在那樣的高度，不是嗎？接著我換了一輛雙腳可以隨時踩到地面的小一號摺疊車，行進速度會很慢，但至少可以隨時穩住車子，以防突然發生危險狀況。最後我又進階地牽出家中的兩隻拉不拉多犬米亞和白白，邊帶妳騎車邊溜狗。

一開始，妳總會好奇地看著前方出現的人物與風景，咿咿嗚嗚的牙牙學語，發出些奇怪的聲音學說話，我也會放慢速度地告訴妳左邊這是花，右邊是樹，妳便會聰明地試著發出「花與樹」的聲音，但是含糊不清的音階聽起來還是有點怪怪的。我會輕柔地告訴妳腳下跟著我們的是米亞與白白，她們的媽媽叫做「多多」，那是一隻好棒好乖的母狗，多多是爸爸這輩子最最喜愛的一隻狗，我親手把她養大，但是我也親手把她的一生……結束！

「多多！多多！」

我不敢相信，小虹妳這輩子第一次所會說的兩個字竟然是「多多」，我剛剛沒有聽錯吧！我緩緩地把自行車停下來，將米亞和白白的狗繩掛在路邊電線桿上，下車後把妳和後背包的腳架輕輕地放下立好，卻發現流著口水的妳，已經帶著甜蜜的笑容安穩地睡著了……爸爸的兩邊魚尾紋眼角，這輩子第三次又是熱淚盈眶！

2. 黑道進行曲之義氣是三小

記得之前我約略跟妳提過爺爺的事，他是個角色，一位人物喔！爺爺從小生長在彰化的窮鄉僻壤，一個福佬客的村落，講台語但不會講客家話，不過還是有客家硬頸精神，所以遺傳給爸爸的基因也是一條硬漢，全身硬到底。爺爺到金門外島當兵的時候遇到八二三砲戰，九死一生回來後開始闖蕩南北二路，不但腦筋反應快，而且作生意的眼光又是快狠準。我小學五年級的時候，家境已經從小康變大戶，我還記得有一次跟爺爺開車回鄉下，後車廂裝了三個大麻袋的現金鈔票，沿路不停地下車進到幾位親戚家中，替幾位叔叔把向別人借貸的款項一一還清。

「看，五十萬是不是，阿明是跟你借多久沒還，催這麼急幹麼？連本帶利我來替他還，又不是存心賴你錢，看不起我們家是不是？」爺爺講話的嗓門和揮舞拳頭的氣勢，足以讓人聞風喪膽。

「這邊一百萬，順便我把地契都贖回來，別想打我家祖產的主意，這些田雖然不值錢，至少是祖地。」

如果說爺爺今天賺了一千萬，照上述這樣替親朋好友解決債務的方法，他大概會幫人還一千一百萬。但這就是親情的包袱，所謂的義氣，一生之中你所擺脫不了的糾葛。爺爺前半輩子算是苦盡甘來，在三十年前台灣加工出口快速起飛發展的同時，彰化地區的紡織商人可以日進斗金，可惜，爺爺的後半輩子並沒有從飛黃騰達之中低調看破淡出，朋友害了他，投機害了他，成也錢，敗也錢，一切都是因為錢。所以我必須藉此跟妳談談，那就是所謂朋友的義氣，以及對於金錢的價值觀。

爸爸並不混黑道，爺爺也不是黑道，但我從小的生活圈子跟黑道有很密切的關係，身邊很多人都對外聲稱有各式各樣的黑道背景，說穿了，黑道背景就是拿來嚇唬人用的，一個人帶種的話，到哪裡都吃得開，不用帶著一群痞子在後面跟班，沒事亂嗆自己是某某幫的堂口老大，動不動就誇口說可以幫你「喬」事情。

我有一位好朋友是從小混到大的中部縱貫線大哥，好多年前，他當時在縱貫線混得最好的時候，有一次他想去法國玩，回來才可以向小弟炫耀一下，但又想耍酷不跟旅行團，所以我便帶他去法國自行開車玩一個月，他到了法國之後像個啞巴一樣，一句法文都講不出來，連法國餐廳服務生都會忍不住想要欺負他這個老土蛋，進到餐廳坐了二十分鐘，服務生才姍姍來遲地倒水點菜，他屁也不敢放一聲，他在台灣可能早就掀桌子叫老闆跪下來了。

為了消消他肚子裡的火氣，我幫他點了一瓶九三年份，單寧醇度特濃、口感厚重的波爾多紅酒，侍者幫他的高腳杯斟滿酒後，他竟然要我幫他要幾顆酸梅和冰塊好加在紅酒內，當場讓我哭笑不得，原來，一個人是否能上得了檯面，一出國就露餡了。

本來他在台灣到處請我去吃香喝辣的時候是威風八面，比如說到了麻辣鍋店，馬上大搖大擺進到特別為他保留的ＶＩＰ包廂，女服務員前恭後倨地爭先上來為他服務點菜。

「大哥，好久不見了，今天湯頭要多辣呢？」

「妳有多辣？」

「大辣、中辣和小辣！」

「我要……嘻嘻，跟妳一樣辣。」

「這……」

「不不不，所謂人比花嬌，妳比湯辣，妹子要比湯頭更辣啊！哈哈哈哈！」

以上的對話就可以看出一個混混的劣根性，不是嗎？

後來回國後他跟我說，原來他在台灣，要多辣有多辣，但出了國就是個俗辣，一個只會在自家地盤魚肉鄉民大小聲的超級俗辣。人真的要學會謙卑低調，如果在法國的巴黎小巷弄，突然有兩三個法國混混出來把我扁一頓，要是我還白目地跟他們回嗆「好膽麥走，你們不知道我是北竹幫的細漢Taco嗎？」，相信他們根本也不會鳥我。

這就是大部份黑道的本質：地痞性格！橫行鄉里的藍白拖鞋台式打扮，左手檳榔、右手拿硬殼的黃長壽香煙，在台灣無人能擋，結果到了巴黎羅浮宮看油畫的時候，卻被工作人員大喊：「先生請你不要吵，也不要用閃光燈照相。」

還有一點，他們怕落單、怕孤單。以後妳在路上仔細觀察觀察，台灣的街上有兩種人最愛講手機，第一就是黑道兄弟，第二就是外籍女傭。

在台灣，黑道無所不在，妳在街上不小心撞到人，對方很可能會惡狠狠地說：

「看，你不知道我爸爸的朋友的爺爺的烏龜的孫子是誰嗎？」（此時妳心中的OS，答案就是「龜孫子」）

太扯了，台灣槍淹腳目，走在路上都可能遇到旁邊有人試槍，一不小心就被流彈射傷。不過，這些號稱「黑道」的角色會用各種妳想像不到的形式出現。在市井街坊耍流氓的小地痞，只能勉強算是混混；而在鄉下有頭有臉的角頭，則會化身變成地方仕紳和民意代表。妳從懂事之後，將會面對黑道無所不在的威脅，在小學霸凌妳的小壞蛋，可能就是因為他爸爸是有黑道背景的大哥級人物，才敢在學校如此囂張；在社區籃球場跟妳搶場地的小惡棍，或許背後就有一個組織犯罪型的幫派讓他當靠山。

還記得爸爸高中時是一個籃球場上的風雲人物，外號叫做哈比族的麥可喬丹，每天下課之後，我都會帶著心愛的籃球到社區的夜間球場報到，我跟兩位好搭檔小牛和小馬，打掛一票三對三鬥牛的隊伍，成為社區籃球場的天下第一無敵手。有一天，來了一群滿臉橫肉的小流氓，撂下狠話要找我們單挑。

「聽說你們很屌是嗎？」

「是又怎樣？」

「一局比六球，五戰三勝，除非倒地流血，否則不喊犯規，敢ＰＫ嗎？」

「誰怕誰？蟑螂怕拖鞋，烏龜怕鐵鎚咧！」

球賽開始了，不過那根本不是打球，那是摔角。小牛和小馬已經是滿臉鮮血，對方用雙手猛力地針對我們的頭部架拐子，分明是來找麻煩的。最後我索性把籃球往對方身上一砸，不打了！

「你說不打就不打嗎？」其中一位長得最粗壯的傢伙說道。

「不然你是要怎樣？」爸爸也算帶種地回答。

不過說時遲那時快，對方馬上從旁邊草地上拿起磚頭和石塊，朝我們三人瘋狂地猛Ｋ過來，小牛和小馬立刻倒在血泊中，而我仍然在負隅頑抗。就在生死交關之際，出現了一群穿著黑衣的壯漢，拿著棍棒的他們，只是虛張聲勢地吆喝幾聲，就把這幾個小流氓趕跑了。

「沒事吧，我叫熊哥，以後有我在，別怕！」出手相救的大哥夠義氣地說，「以後我來罩你們，你們在這邊打球沒人敢來亂。」

從此以後，這個被染黑的球場成為北竹幫的地盤，一個健康運動的球場也成為黑道吸收手下的地方。黑道不只是會去網咖找一些蹺家小孩，他們也會去球場找一些喜歡打球的富家子弟，設計各種橋段與這些未來的大肥羊稱兄道弟，有錢人家小孩一旦染上毒品惡習之後，絕對是一株可以削翻了的搖錢樹。

除了我之外，小牛、小馬和幾乎其他所有的孩子，都成了堂口的小弟，小牛、小馬也搖身變成讓人聞之喪膽的牛頭與馬面，他們把球場當做是自己家的主場，外來的球友根本不敢進來打球。後來他們幫熊哥去外面圍事，也到學校販賣安非他命，熊哥成為大家眼中的英雄，全社區最罩的老大。過幾年我才知道，原來當初那群跑來跟我們單挑籃球的流氓都是熊哥的手下，他們設計的這種好漢打壞蛋的技倆，已經在社區附近吸收了好多小弟入幫。

這就是黑道，這就是可能以後他們會用來對付妳的手段。慎選朋友是很重要的，如果有人沒事喜歡問妳爸做啥工作？老愛打聽妳住在台北市的甚麼好地段？請特別小心，這些人是不懷好意的。交朋友是透過認識彼此的真誠坦白，來達成某種程度的互相了解，所以在妳年輕時所交的任何朋友，都應該建立在這樣的基礎上。

有一天，讀中學的妳，應該已經長得落落大方了吧！男孩和女孩互相吸引、進而交往相愛，是一件美事，我不會禁止妳去追求愛，也不會阻止妳跟誰交往，妳打從出娘胎後就是一個獨立的個體，不屬於我了，就像妳剛滿一歲學走路的時候，就很堅持不需要我幫忙攙扶一樣，妳有妳的想法。我所說的一切，只是我的個人經驗談，負面教材的最佳茶餘飯後搞笑材料，妳參考參考就好。

受傷也是人生的必經過程，一輩子不可能平平順順、無風無浪，人總是免不了會誤判情勢、甚至看錯人，不過受傷之後要培養自我療癒的能力，趕快好起來。社會是個大染缸，旁邊會有許多豺狼虎豹在對妳虎視眈眈，隨時設好各種陷阱讓妳往裡頭跳，該堅持就要堅持，該出手就要出手，該放手更要學會放手，唯有黑道是碰不得，跟黑道扯上關係，完了，毒品、交易、墮落與毀滅……

至於金錢的價值觀方面，老實說，爸爸不算有錢，但是絕對不會在別人面前假裝闊氣或是哭窮。朋友有通財之義，這句話是說給白癡聽的，男女有通姦之實，這才是現實生活殘酷的硬道理。男人之間要是不幸扯上了金錢關係，小則傷和氣，大則讓妳傾家蕩產；男女之間萬一搞上了曖昧關係，輕則告上法庭，重則鬧出人命。

爺爺過世的時候，曾經欠錢的那群親朋好友完全沒有出現，沒打借條的爛帳一筆勾銷，以後直接到地府用冥紙買單。我在靈前則是默默地想著爺爺風光的過去。

記住，愛裝闊的人，十有八九都是空殼子。不信，有空到台北信義區的華納威秀附近豪宅群看看，很多出入豪宅的車子都是普通的國產車，真正的有錢人特別低調，出門甚至還騎腳踏車。換個場景，妳到台北縣偏遠郊區的平價別墅瞧瞧，賓士車的比例非常高，這些人住價值五百萬的普通房子，但是拼死也要開兩百萬的車子，為甚麼？因為他需要開這輛高級名車出去調頭寸、借錢，或者是去當鋪，這輛車是他微薄可憐身價的唯一品牌和保證。

另外，愛哭窮的人並不是真的窮，他們只是愛佔別人便宜。這種人十分善妒、逢迎巴結、見風轉舵、勢利刻薄，絕對不要跟這種人做朋友。那該怎麼去辨識出這些人的本性呢？一起吃頓飯就知道，而且一定要吃坐圓桌的傳統合菜。先出去玩一整天，玩累點，讓肚子餓到極點；菜一開始不要叫太多，份量要少要精緻。然後妳慢慢觀察哪些人一上菜就拿著筷子猛夾，大口吃肉、絕不吃菜；哪些人是慢慢地扒兩口飯，不疾不徐地夾著肉邊菜，含蓄客氣地等大家都先吃飽。

以上是認清楚人的一個方法，不管是裝窮還是裝闊，把人一餓，原始的本性就洩底了。

山不在高，有仙則靈；錢不用多，夠用就好。不要用錢去衡量一個人，不要用長短的問題去評論一個男人，爸爸以後不會留給妳太多財產，妳也不要為了金錢而去出賣自己的靈魂，更不要讓別人用金錢來決定與妳交往的深淺；也絕對絕對不要想嫁入豪門第二代，否則最後除了幾件泛黃的豪門子彈內褲之外，妳甚麼都得不到。

語重心長，願全天下的女兒共勉之！

3. 大明星追夢曲：幼幼點點名症候群

太可怕了，根據一項公開的問卷調查指出，小學女生未來選擇夢想中的行業，第一志願竟然是當明星。物化、商品化，把自己當成男人意淫的投射目標，明星是這麼好當的嗎？爸爸說這些話的時候，突然間憤世嫉俗起來，變成一個老古板般的食古不化！

妳跟姐姐從小都是美人胚子，有一次去動物園的時候，遇到了一個寶寶明星經紀公司的星探，看到妳跟姐姐的可愛模樣之後，不禁驚為天人，馬上到我面前遞給我名片。

「Excuse me, where is your boss?」

這位星探很奇怪，不知道為甚麼要跟我說英文？原來，他把我當成是來台灣顧小孩的外傭了。

「我是小孩的爸爸啦，有何貴幹！」我的口氣有點賭爛，因此在「貴幹」的幹那個字，有點故意加重音強調。

「不好意思喔，我看你皮膚這麼黑又這麼壯，我還以為你是……我也很納悶台灣甚麼時候開始進口男性泰勞當保母了，哈哈哈，真不好意思耶！我是寶寶星探啦，你家小孩好可愛，不當童星太可惜了。」

「她們還太小了吧！」媽媽在旁邊忍不住插嘴說道。

「不會啦，這個年紀最可愛了。喔，妳是媽媽對不對？這麼漂亮，難怪小孩如此可愛，可是妳的女兒皮膚好白好粉嫩，爸爸為何這麼黝黑粗壯呢？難道爸爸不是孩子的親生……」

「喂，沒禮貌，爸爸我以前也是很白的，小學時的外號叫做小張國榮，知不知道？」我有點生氣地說。

因為孩子一生下來之後，面對各方親朋好友輿論的懷疑聲浪，我已經不勝其擾，開始有點動搖信心，認為自己的長相真的有辦法生出這麼可愛的小孩嗎？老婆懷小虹前的那一個月，我剛好到日本出差，那段期間鄰居小高曾經來過我家幫我餵狗，難道……綠帽疑雲罩頂的人之常情總是免不了，我忍不住胡思亂想了起來。還好，最後好友小廖跟我說了一句「歹竹出好筍」，頓時讓我寬心不少。我也跟老婆再三講過，放心，不管別人再怎樣質疑小孩跟我長得不像，我都不會跑去醫院化驗DNA的，一方面是為了證明我對老婆的信任，另一方面是……我真的很怕知道如同晴天霹靂般的事實真相……嗚嗚……

「開玩笑的啦，別生氣，老爸你也很有明星樣喔，很像那個電影《哈拉猛男秀》的男主角，超有喜感的耶！說真的，妳這兩個女兒要是交給我打造一番，包準成為幼兒超女版的小彬彬跟小小彬喔！到時候你跟媽媽就在家當星爸和星媽，沒事兩腳開開趕蒼蠅蚊子，專心數鈔票就行了。」

這位星探舌燦蓮花說得滿天星光閃閃，一般沒見過世面的父母，想要不心動也難。但老爸卻是歷經滄桑的老江湖，演藝圈的後台混過一陣，太了解那些媒體操作的粗糙手法，一開始都說得天花亂墜很好聽，一旦簽了約進入這個大染缸，最後便淪為任人宰割擺佈的行屍走肉傀儡罷了。想想看，一個還不到三歲的小孩，叫他化著濃妝、穿上禮服，在冷氣超強、刺眼強光照射下的攝影棚，對著鏡頭重覆二十次相同的動作，一待就是三個小時以上，這對小孩的身心會有多負面的影響啊？累到哭就忙著哄他，好不容易哄到他安靜，卻又想睡覺，可是劇組人員又不能拖過棚內錄影固定班表時間，必須讓他趕快補拍最後幾組鏡頭……，日也操、暝也操地這番折騰下來，小孩慢慢地變得油條滑頭、生張熟魏，見人說人話、見鬼說鬼話，日子一久，小孩的身心靈受到極大的揠苗助長負面影響。告訴我，台灣哪一個童星的下場是健健康康成長茁壯的？成名後的壓力，沒有觀眾票房後的失落，吸毒、酗酒、離婚……一輩子只能活在童年的虛幻喝采聲中。

「謝謝，再連絡。」爸爸淡淡地說。

小扉（Yvette）和小虹（Yvonne），妳們不會怪我吧！就這樣，我把妳們這對「大小Y雙人組姐妹花」揚名立萬的機會搞砸了。終日活在鎂光燈下其實是很假的，除非妳們長大成人之後，肚子裡真有點墨水和學問可以出來唬弄別人，就像那位「瘋台灣」的美國麻省理工學院畢業的主持人Janet一樣，內外兼修、才德俱備，否則光憑外表，混得了一時，混不到永遠。

請各位演藝圈的前輩原諒我這麼說，女孩進了演藝圈，很可能就跟進了酒店一樣（當然也有出污泥而不染的個案），一開始只是叫妳乖乖的當會計幫忙算帳，慢慢地就會叫妳當桌邊妹送酒送茶，等妳拿到小費嚐到甜頭之後，大班和雞頭就會慫恿妳下海純陪酒就好，又不會跟男人幹甚麼苟且的勾當！接下來，陪酒一定會認識一些火山孝子的恩客每天找妳報到，恩客們就會拜託妳陪他們出場純逛街看電影喝喝泡沫紅茶。過了一陣子大家熟了，妳叫他哥哥，他叫妳妹子，有人就會死皮賴臉硬拗妳做出場，一萬塊白花花的鈔票在妳眼前晃啊晃，反正兩小時帶出場，眼睛一閉、牙關一咬，那檔事就莫名奇妙地pass過去了，有夠簡單妳就賺到了買一個名牌包的錢。很好，妳從此便萬劫不復地墜入神女生涯無間道。原來，錢這麼好賺呀！進了傳播界（現在專門外送美眉到酒店坐檯的公司都叫傳播公司）當酒店妹，一個女孩的生活與世界的連結，就只剩負責載送的馬伕、圍事保護的兄弟，一起拉K吃搖頭丸的姐妹淘，暑假結伴到墾丁春吶勁歌熱舞一番，可悲到最高點。

小虹妳是不是有發現，聽完爸爸說的這些事情之後，原來在我玩世不恭的低級搞笑外表之下，我其實很愛說教，對不對？還記得我說過關於「體制化」這個問題嗎？在妳還沒有全部學會這個體制的運作規則之前，貿然地與體制衝撞，妳將會鼻青臉腫滿頭包，可是一旦妳熟悉了這個體制之後，並且通過了這個體制的各種殘酷考驗（比如說一連串的升學考試），妳進而就可以掌控這個體制，甚至玩弄這個僵化的體制於股掌之間。小童星的命運只會被媒體與鏡頭當成木偶般地來操弄，靠著某種年紀特有的裝可愛與賣弄外表身材，不會長久的。身為童星的父母，沉溺在虛榮的滿足之中，一旦鏡頭鎂光燈不再對小童星聚焦，這樣的小孩將無法具備面對現實生活的能力。

話說現在演藝圈有兩個團體讓我很欣賞：台大十三妹與政大五姬。雖然台大校長批評這些台大女學生不務正業，跑去走秀當模特兒，浪費國家辛苦栽培她們的教育資源，但是我認為她們非常值得喝采。比起別人，台大與政大的女學生當然有更多的就業選擇權，媒體與演藝圈的體制運作模式是怎麼玩的，她們也比一般高中畢業想圓星夢的小女孩更清楚。任何一項正當的行業（演藝圈不違法吧），只要它的投資報酬獲利率比其他行業高，而且又可以聰明地避開所有風險（在伸展台走光或是在展場遇到鹹豬手襲胸），台大女學生為何不能進演藝圈呢？

校長和老師或許明知已經無法用體制化的訓誡，來繼續掌控這些羽翼已豐的聰明女同學，只好搬出體制化那一套最讓人詬病的說辭來公開批評：「國家」栽培、

「國家」資源！「國家」這兩個字真是可怕，「國家」這頂帽子好大喔！別人想扣妳「國家」這頂帽子還真讓人害怕。你爸最怕「愛台灣」這三個字，長大後妳做錯事，爸爸也絕對不會對妳說「我這麼愛妳、妳怎麼可以這樣對我」諸如此類的屁話。

向妳坦白從寬一下下，爸爸年輕時也想過要一圓星夢。我看了報紙找到一家名叫「六條通星光大道俱樂部」的傳播公司，興沖沖地趕快跑去面試。結果到了那邊才知道那是一家日式酒店俱樂部，老闆在報紙說是要找一群未來將到日本培訓的巧虎隊第二代（我們的制服圖案真的就是卡通老虎），不過先要繳一筆五萬塊的服裝費。如果條件夠好，這兩個月可以先在店內練習當服務生的技巧，這種服務生說穿了就是陪女客人的牛郎。我極力想要得到這樣的工作職缺，因為爸爸最喜歡「人生以服務為目的」這句格言，不過很不幸，老闆嫌我太矮，不想用我。

我真的氣炸了，不放棄地繼續爭取機會，結果老闆心一軟就叫我暫時到廚房幫忙好了，我說難道不能在外面做吧台嗎？老闆還是堅持說，爸爸的賣相不佳，就像有瑕疵的NG水果一樣，不適合擺在水果攤的最前面，拿去打綜合果汁比較適合。

自尊心受損的爸爸轉頭就走，不過這也挽救了我日後清白的聲譽，成名後的我，沒有把柄讓人拿出來開記者會爆料打擊，也沒有在人生的成長路程中留下任何汙點。

講一點資本主義的遊戲規則給妳聽。演藝娛樂圈是高度資本主義發展法則之下，以粉絲偶像崇拜的造神方式製造出消費社會最大產值與利益的一種策略。如果妳當了明星之後，妳必須接受不斷地被人消費的命運，有人消費妳還要很高興，那表示妳有價值。如果沒有人來消費妳，媒體也不刊妳挖鼻孔的照片來消遣妳，表示妳過氣了，準備降格到購物台賣東西吧！

所有的大小咖明星都一個樣，每天不斷地努力創造並提升自己的產值，所以我才說，靠實力的正派明星是讓人尊敬的，就像周杰倫或鄧麗君，你有本錢愛怎麼賭是自個兒的事；靠搞笑和演技的也不錯，就像九孔和白雲，至少他自娛娛人，但缺點是人前人後很難調適，一不慎就失去自我，私底下容易沮喪憂鬱。最下等的就是靠炒緋聞來嘩眾取寵、引起注意的，沒事自己設計橋段演戲、打電話找媒體來拍自己。最最最低等的就是，爆自己的料，爆別人的料、爆盡天下所有無稽之談的料。

沒辦法，現代小孩都是看幼幼台長大的，幼教節目走向偶像化和綜藝化，要妳們長大後不幻想當葡萄姐姐和水蜜桃姐姐都很難。可是崇拜偶像是很危險的，就像崇拜任何穿制服的人都是危險的，其間的道理是一樣的。因此我從小不會拿穿制服的警察和醫生來嚇妳，多少社區保全就是穿著類似警察的制服，拐騙小孩到樓梯暗處性侵害的。妳知道嗎？把老師當偶像也是危險的，下了課仍然追逐著老師身後，回家跟老師用即時通叮咚叮咚地聊一些五四三，這已經是超越人我分際的怪異荒誕行為，跟粉絲沒事就追著明星到處趕場一樣，很幼稚也很變態。

我不需要妳去露臉當童星，來證明我很厲害我是星爸，等到以後妳長大了，書讀夠了、眼界也開了，在某一個特殊領域成為學有專精的達人級角色，廣播電台會用一個小時候一萬塊請妳兼差去開個談話性節目，出版社也會高價請妳寫本書，電視台會請妳做專題報導，企業會請妳去演講，商品會請妳去代言，車商會請妳幫他們拍新車廣告，房地產建商會送妳一棟房子來做賣屋名人效應的置入性行銷。就像是律師謝震武一樣、作家蔡詩萍一樣，妳懂嗎？

如果妳當了童星，幾年之內幫我賺了人生第一桶金，走在路上隨時有人認出妳、跟妳玩親親，讓我心中暗爽到不行，沒事我還可以跟記者朋友報告一下，平常我對妳的教育其實是多麼用心，吹噓自己與妳的親子關係有多麼貼心。星爸的虛榮心，果然是生命中不能承受之輕。慢慢地妳長大之後，高壯的妳已不再是可愛的童星，找經紀人談新節目也沒人要聽，童星轉型遇到瓶頸，為了接通告只好開始當諧星，當諧星不會搞笑又冷到不行，只好下海當波霸脫星；人老珠黃、雙乳下垂之後已經乏人問津，童星之路如南柯大夢初醒，病魔纏身只能在床上奄奄一息，對著人生的最後一個鏡頭說：「我現在只剩兩百塊，我以前可是帶給大家歡樂的小童星，大家請幫幫我們這些老藝人，請拿出你們關懷弱勢的社會良心。」

對不起，早已作古在天上的爸爸，這時候已經幫不了妳了！

4. 小姐，妳想當明星和主播嗎？

四十歲的男人很悶，有了小孩之後更悶，我每天睡覺之前都要重覆唸一百次「小虹和小扉我愛妳們」，才能夠自我催眠般地強迫自己安然入睡，告訴自己活在世上還有一點點意義。從月初到月底前一天，我總是當一個可憐的窮忙族，甚麼零工和案子都要接，為的只是能夠多賺一點妳的奶粉錢，這樣過日子真的不知道明天在哪裡？在月底那天接到所有的信用卡和水電費帳單之後，我終於知道了，工作和賺錢的最大意義就在這裡，把所有的帳單付清之後，留下一點買啤酒和香煙的錢偷偷塞在口袋裡，並且勇敢地告訴自己，明天還是要活下去。

不知道自己是不是真的看起來很狼狽，就算到超市很低調地買包木炭想要回家烤肉給妳吃的時候，連櫃台結帳的小姐都會試著很小心翼翼地輕聲細語對我問道：「不好意思，先生請問你買木炭是要烤肉嗎？還是……」

爸爸也曾想過走點邪門歪道多賺點外快，憑我過去在泰國學到的一身古式按摩指壓絕技，幫人做點純紓壓的精油體療工作，於是印了一疊彩色廣告DM準備發送給有興趣的路人，上頭寫著：「猛男到府油壓服務，指上功夫了得！」結果竟然馬上接到許多電話要我到府服務，不過一到現場，我立刻嚇得奪門而出，原來是一群男同志。算了，指上功夫找不到出路，還是靠我「口技和舌上功夫」（逞口舌之快）的聲音工作專業討生活吧！

爸爸的嗓音和聲音表情的確一流（面部表情則是太過猥褻），尤其是台語A片的配音更是唯妙唯肖、堪稱一絕。不過這種工作有點難為情，跟另外一名女配音員躲在小房間內看著A片哼哼哈哈的對嘴配音，過度投入劇情的時候，很容易跟對方擦出火花有了感覺，一旦Fu一來，就跟女人月經來一樣，總是讓人防不勝防。黑暗的小錄音室中燈光美、氣氛佳，夜深人靜、四下無人之際，很容易乾柴烈火般地擦槍走火，所以後來妳媽媽就禁止我從事這種原本是出發點十分良善，能夠普渡許多曠男怨女眾生的慈善功德志業了。

後來透過一位朋友的介紹，我利用假日去電視台做一些新聞幕後工作，這算是正當工作賺外快了吧！又不是搞援交或是酒店圍事，既不是黑道也不是黃道，爸爸走的是正道，沒錯吧，可是爸爸萬萬沒想到，電視台的工作，竟然跟酒店坐檯小姐的工作相似度這麼高。關於這段故事暫且按下不表，後續再談。

話說爸爸年輕時也當過執行製作，這種爛咖工作是打雜買便當都要一手包，甚至還要幫藝人跑腿買避孕藥保險套，亂沒尊嚴一把的。不過爸爸堅決不碰毒品，不會替藝人跟藥頭接觸拿小包。小虹，為甚麼人家說演藝圈很複雜呢？這個問題讓我來告訴妳，妳聽完後再決定以後要不要走這條路，那是妳的自由。

演藝圈複雜的地方是在幕後，幕前的表演很簡單，妳會不會唱和跳，臨場反應快不快、口條順不順、主持人問妳問題會不會亂跳tone，能不能隨時找出笑梗和火花來，基本上這就具備了一個藝人的條件。但問題來了？誰有權力發通告讓妳上節目？誰有權力決定讓妳在節目中露臉多說話？所以幕後檯面下的運作便是暗潮洶湧、臭不可聞啦！

長大後，小虹妳有空到電視台的會客大廳坐著瞧一瞧裡面的人來人往，尤其是看到有一些來自中南部的遊覽車，載著一大票興高采烈的善男信女，一副好像是準備來電視台進香的虔誠明星粉絲信徒，他們可能都是第一次來現場錄節目當來賓、湊人頭，或者是幫親朋好友的小孩參加星光大道之類的節目而加油。這些善良純真的台灣人民，就像過去戒嚴時代一樣，簡直是把電視台當成中正紀念堂般的神聖殿堂來膜拜，親眼一見到某位綜藝大哥主持人走過去，忍不住激動尖叫、眼眶泛紅，直呼此生足矣、死不足惜。

早上六點起個大早，這群準備到台北開眼界、進大觀園的劉姥姥，穿上如同參加婚禮的隆重盛裝，坐上遊覽車的時候一動也不敢動，深怕任何一個轉身動作，會把身上的整齊衣服熨燙摺痕壓壞弄亂。早上九點到了電視台，高中戲劇科剛畢業的小痞子執行製作會來把這些人趕鴨子上架，告訴他們攝影棚是多麼神聖的地方，開麥拉之後必須神經繃緊一點，精神喊話加上新兵入伍般的訓話，順便講一些冷笑話緩緩氣氛，讓這些專程來到台北電視台的外地人，能夠馬上現場感受到那種過去只有在電視節目上才聽得到、看得到，油嘴滑舌、損人虧人的綜藝節目效果，就在自己的眼前活生生地上演，而他們就是主角，鏡頭隨便一掃過他們其中一人超過一秒鐘，馬上就感覺到自己快要爆紅了。

「請問有沒有人有抽煙的習慣，各位大哥，請舉手告訴我不要客氣？」小痞子執行製作扯開嗓門大喊。這是小痞子唯一能夠有機會在棚外感受到當一位綜藝一哥的時候，因為所有的善男信女都好像變成童子軍的團康學員乖乖牌，而小痞子就是身上披著值星帶的班長。

「好，很好，手舉得很高的這幾位大哥很聽話，今天我幫你們戒煙，請把打火機和香煙交給我吧！攝影棚嚴禁吸煙，兩個小時尿尿一次，沒有我的命令不準擅離座位，膀胱無力需要尿袋的請舉手？」小痞子說完這句他認為超有梗的話之後，現場響起了一片笑聲，善男信女打從一進電視台就很HIGH，小痞子不管說甚麼話都會讓他們想笑。

「很好，真的不需要尿袋嗎？那我送你們每人一個塑膠袋吧！如果真有需要的話，我這邊有一罐阿桐伯膀胱丸，有需要就來跟我拿，不要客氣喔！」

來賓們排著隊伍準備點名進棚了，歷經過多少大陣仗、大場面的小痞子，看盡了歌舞樓台的繁華綜藝浮世繪，深知每個懷春少女想要一圓明星美夢，一夕能夠暴紅的麻雀變鳳凰、鯉魚躍龍門願景。小痞子那雙賊溜溜、色迷迷的小眼睛，早就已經很不老實地打量著其中幾位辣妹，看著她們超短迷你裙下的雪白粉嫩大腿，嬌豔欲滴的櫻桃小嘴，堅挺豐滿、呼之欲出的雙峰和青春的肉體，小痞子忍不住嚥了好幾次口水。

「小姐，有想進演藝圈嗎？我覺得妳的條件不錯，如果妳有興趣的話，我跟經紀公司很熟，我幫妳約個時間出來談談？不過現在想當明星的人太多了，妳自己要有積極的企圖心才可以喔！」小痞子正襟危坐，十分老謀深算地說道。

「真的嗎？你是說真的嗎？那我把資料先留給你好嗎？」美眉樂不可支地回答。

小痞子和他口中的經紀公司一夥朋友，將又多了一個想圓白癡明星夢的女孩成為他們的俎上肉。這位女孩或許真的有機會去試個鏡，但攝影大哥根本只是隨便開機用鏡頭唬弄虛晃兩招；也可能真的讓她上個甚麼莫名奇妙的節目，穿上賽車手辣妹服裝，走上幾秒鐘的台步，或是純粹當一個人肉活招牌在後場跑龍套。這樣還算正派的，因為小痞子畢竟有正當工作，雖然薪水只有兩萬塊，不過這個電視台的頭銜，卻可以讓他到處吃香喝辣、招搖撞騙。

的確他不敢明目張膽地把辣妹們強行拍裸照或是推入火坑，但是他會用看似正當的手法，一步一步地把這些辣妹如同釣魚般慢慢收線進網，而且這些魚兒還是願者上鉤、自投羅網的喔！辣妹錄一集節目可能只有一千塊，不過小痞子所謂的經紀公司私底下會幫她接case，陪一些媒體或綜藝大哥喝喝酒、唱唱歌，當然也就是拓展演藝生涯人脈的最佳機會囉！接下來的後續發展我就不多講了，因為水果日報的社會新聞每天都會報導。

全世界最冷血現實的地方有兩個，一個是傳播圈，另一個是酒店，很不巧地，爸爸兩個地方都待過。酒店的燈紅酒綠現實面是不容置疑的，但電視台不是很有趣嗎？他們製造充滿歡樂的綜藝節目給大家觀賞，把最重要即時的新聞在第一時間內傳播給所有的人，超有使命感的時代尖兵，不是嗎？錯了，手上有攝影機和麥克風的人，自以為掌握了所謂重要的議題，看著嗷嗷待哺的閱聽人渴望崇拜的眼神，心裡面卻在竊竊私笑這群笨蛋。他們以施捨者自居的偉大新聞傳播角色，製作出一天二十四小時的疲勞轟炸節目給大家觀賞，這就是操弄，小虹，爸爸之前講過的那個議題：操弄（manipulation）。

在所有操弄的過程中，都需要建立偶像和造神運動。國家體制對人民的操弄，過去戒嚴時代是建立在國父與蔣公的崇拜；解嚴時代則奠基在刻上「愛台灣」這三個字的神主牌；電視台的偶像當然就是漂亮的女主播囉！

小虹，或許妳們未來那個時代的傳播界風氣會比較正常化，有機會妳當然可以選擇自己要走甚麼路，就像是妳媽媽的才藝班最近開了一個小小主播訓練營一樣，暑假期間真的是班班都客滿，可見現代父母還是很希望自己的小孩可以上鏡頭露臉，有朝一日坐上主播台，就算是不能播報新聞，播報氣象也好，所以媽媽的商業頭腦動得很快，生意的算盤打得超精，立刻加開了一個小小氣象主播班，報名狀況當然又是非常踴躍，暑假兩個月之中，妳媽媽真的是荷包賺到飽飽飽。

但是妳知道嗎？在爸爸這個時代的傳播界和電視圈真的是光怪陸離、荒謬異常，所以水果日報的狗仔最喜歡找女主播的麻煩，而且所抖出來的料還真的是餡多實在加爆漿。

親愛的小虹，我的好女兒，各位心疼子女的父母們，請記住我的苦口婆心，社會風氣和價值觀的變化太迅速了，小學生心目中第一名的未來從事職業，竟然是進電視演藝圈或是當主播，大家就知道傳播媒體對於現代人的潛移默化影響有多大了。美女主播的泛濫現象，是父權主義制度下，將女性物化及影像化賣弄風情的極致表現。女主播在鏡頭前搔首弄姿，電視機前的男性觀眾則是滿足地品頭論足意淫一番，企業少東看中了幾個一心想嫁入豪門的女主播，變找機會約出來樂一樂。

當然也有一些專業的女主播啦，像我輔大的學姐沈春華就不錯啊！家庭和樂、夫妻美滿、父慈子孝、兄友弟恭。不過根據我的統計，女主播正式在鏡頭露臉的生命周期大概是三年，還沒露臉之前，大多是先跑新聞當文字記者。女記者在跑新聞的過程中，會不斷受到男性攝影記者搭檔的騷擾和奚落，有些意志力較脆弱的女孩，可能在某一次出國採訪的花前月下美好氣氛中，便會不小心落入好色攝影記者的魔掌，一失足成千古恨呀，因為攝影記者最喜歡惡搞女性文字記者了，攝影大哥是不能得罪的啊！大家看看，男性對女性的操弄與擺佈真是無所不在，不是嗎？為甚麼扛攝影機的不能是女性？為甚麼多數的文字記者都是女性呢？

重點來了，跑政治線或是立法院和行政院的新聞，文字記者面對的是一群有權有勢、穿西裝打領帶，每天裝腔做勢的衣冠ＸＸ……台灣掌握這些最高權力的人，幾乎都是臭男人，特別喜歡跟年輕美眉哈拉的老男人，如果你是一個男性文字記者的話，你跑得到獨家新聞才怪，除非你是跑蔡英文、陳菊或是李紀珠。

「唉喲，處長，透露一下消息嗎？」女性記者跑新聞為何都要這樣撒嬌？但是確實還蠻有效的。

「唉，現在人這麼多不方便講啦，晚上在圓山有個飯局，小美女要過來喔，妳有誠意的話，會給妳獨家的啦！」這位白天是處長的傢伙，據說晚上喝了酒之後就變成畜牲。

苦熬了三年的女記者，可能在政界高層掌握了某個有權勢的key man人物，沒事就陪「大人物」開車到山上聊聊國家大事，大人物也會識相地幫女記者打通電話給電視台主管。

「老趙啊，我是政界的畜牲……不不不，我是處長啦，小璇跑新聞表現都不錯，甚麼時候讓小璇上主播台磨練磨練？優秀的年輕人要給機會嘛！對了，最近選舉到了，有些文宣廣告就交給你們播了，我這邊的經費大概兩億吧，你幫我看著辦。」

第二天，連假日代班主播都沒當過的小璇，正式成為電視台的一線女主播，只要這位當權的「大人物」存在一天，小璇就保證坐穩這個當家主播的寶座。聰明過人的小璇也盤算過，離下次選舉換人做做看還有三年的時間，她必須趁這三年，找到任何一個可能嫁入豪門的機會。

不過事違人願，人無法總是一帆風順，小璇身邊的一些同期女性文字記者，無法忍受她一夕之間飛上枝頭當鳳凰的飛黃騰達主播之路，原本的好姐妹剎那間都對她犯了「紅眼症」。她們會趁她補妝的空檔，偷偷在她的茶杯加瀉藥，小璇上了現場新聞主播台之後，播到一半卻臉色發白直冒汗、想剉賽。經過幾次的惡搞慘痛教訓，小璇發誓，一踏進公司上班就滴水不進、粒米不食，漸漸地，她愈來愈瘦，精神狀態每況愈下，晚上睡覺都要吃安眠藥，醫生診斷出她有輕度憂鬱症。

在小璇的人生低潮，副控室的溫柔多情男導播出現了。真是糟糕，當文字記者最怕攝影記者大哥，當了女主播卻最怕深情款款的男導播啦！這位已婚的男導播叫做派屈克，總是在收工之後，細心體貼地開車載她回家，第十次終於上樓到她家，不小心把咖啡弄倒在身上，脫掉上衣之後，剛好收音機又傳來第六感生死戀的情歌，生米果然馬上煮成熟飯。炒完飯後，小璇這一夜睡得特別好，半年來，第一次不需要吃安眠藥：原來男導播派屈克就是能夠幫助她入睡好眠的良藥啊！

亂了，亂了，亂了套！小璇的人生開始變得錯縱複雜。狗仔已經開始跟拍，跟導播十指緊扣的照片在黑市喊到一張五十萬，在車上喇舌的照片更是高達一百萬的身價，最最有行情的，那片未經證實，傳說中的超勁爆性愛光碟，有人一出價就是兩百萬：聽說她在片中穿一件白色丁字褲激情主動演出喔！

毀了，毀了，全毀了！小璇壓力大到完全失眠，輕度憂鬱症變成重度憂鬱症，上了主播台的五官變得形骸枯槁、失魂憔悴，連續三天沒睡好覺，半小時的新聞播報總共吃了一百個螺絲，口吃緊張到最後關頭，情急之下，小璇甚至站起來直接比手畫腳：她誤以為自己在播手語新聞！

瘋了，瘋了，這世界全瘋了！台灣地區每天早上人手一份報紙，瘋狂翻閱今天的女主播到底又跟誰拍過鹹濕影片上過床。東窗事發的女主播已經無法繼續上主播台報新聞了，負面新聞纏身的她只好落淚開記者會，哭哭啼啼地向社會大眾道歉，然後正式宣佈退出新聞圈，加入演藝圈。未來的計畫是先當談話性節目的通告藝人，自爆與多名政商名流勾搭的經過，揭露女主播之間勾心鬥角的內幕，最好可以跟出版書接洽寫一本書，書名就叫做《打開台灣電視史：百大極淫女主播內幕大公開》。接著會到購物台叫賣威而剛、威而柔以及名牌包、縮得妙。如果可能的話，再接再厲拍個內衣廣告，乾脆大大方方地展現自己整型多年有成的圓規奶。破斧沉舟、已無退路的過氣女主播，搞不好最後還能夠再搏一把大的，真的可以釣到一個多金豪門企業家，不過現在已經無法高攀到未婚的企業家第二代少東了，頂多就是離婚又結婚又離婚多次的中年禿頭啤酒肚、有錢卻不舉的老田僑罷了，悲哀，真悲哀！

女人也可以很有成就，但是「睡出來」的成就不踏實也不可靠。相信有很多朋友會舉出一百個例子來告訴爸爸，三百六十五行之中，有很多行業比酒店和電視台更為現實可怕。但這不是我寫此篇文章的重點，我的重點在於後殖民理論和女性主義之中，對於男性沙文社會最切中要領的批判論述內涵：操弄與反操弄。

小虹，妳跟姐姐小扉要注意聽好，爸爸生了妳們兩個可愛的女兒，受了旁人很多惡毒的奚落與嘲弄，這些充滿對女性歧視的字眼，罵人完全不帶髒字，殺了人卻一點都沒有見血，爸爸一向默默承受，把希望寄託在以後妳們真正成為一個獨立的女人。法國女性主義作家西蒙波娃說過的這句話，我再三請妳們要牢牢記住：女人不是天生而成，女人是後天形成。

下次要是我再聽到三姑六婆這樣說：

「唉喲，生兩個都是女的，不再生一個喔？」

「都生女的喔，難免會有遺憾啦！」

「女的要小心喔，長大不要一下子就被男人拐跑了耶！」

「你的大女兒小扉不是做試管的嗎？怎麼不跟醫生說一下，既然都用人工，就做一個男的就好了，現在醫學這麼發達，很容易篩選的啦！」

我會這樣回答他們：「看，不講話沒有人會說你是啞巴！」

5. 勇敢做自己，不要活在別人指指點點的目光下

小虹，妳在一歲大的時候已經很會走路，夏天也到了，我們最喜歡的地方就是天母運動公園的沙坑。父女倆的裝備很齊全喔，處女座的爸爸最細心，而且深知「工欲善其事、必先利其器」顛撲不破的硬道理。妳的嬰兒車上吊掛著一袋沙坑專用全能工具組合，包括尖嘴鏟、平口鏟、大小水桶、澆水壺、耙土器和杯子……這些專業工具足以讓沙坑上所有的小孩看到之後垂涎三尺、自嘆不如，不過爸爸是很大方的，「分享」這兩個字是我從小就教會妳的，借大家一起用，沒有關係。

另外還有一套新衣服讓妳換洗用的，毛巾和防曬油是一定要的，小冰桶內還有牛奶和運動飲料等著妳。因為爸爸真的是全心全意準備來跟妳好好地混上幾個小時，所以我為自己準備了三份報紙、兩本小說，看累了的話，我還帶著小啞鈴練練手臂肌肉，一塊瑜珈墊和一條瑜珈繩隨侍在旁待命，爸爸甚至可以坐著做伸展操，順便脫掉上衣躺平曬曬太陽進行日光浴。不過，真奇怪，沙坑旁邊隨時總是會傳來

哭聲和斥罵聲，讓我們父女倆不得安寧。

「不行，小寶不要去沙坑，去旁邊溜滑梯就好，你又沒帶衣服來換怎麼玩？」

「我跟妳講過多少次了，小雯，給妳來玩沙之前就說過了，屁股不要坐地上，妳聽不懂是不是？」

我聽到上面這樣的對話，心中好納悶，這些父母反正都來到公園了，明知道小孩就喜歡玩沙，為何不多準備一套衣服讓小孩盡情地玩？既然也都已經跳到沙坑裡頭玩了，屁股坐到沙坑上又怎麼樣？就算全身在沙坑裡頭滾兩圈會死嗎？小孩適度地曬曬太陽很不錯啊，為何還要幫小孩打個大陽傘呢？既然知道今天有太陽，出門為何不帶防曬油和帽子，幫小孩買副墨鏡戴上呢？根據調查，地處亞熱帶陽光普照的台灣，竟然有三成的小孩骨骼缺鈣，而日照不足是元兇耶！

台灣的父母太不專業了，他們沒有把帶小孩這件事當成是一種專業來看待。反觀許多日僑學校和美國學校的外國媽媽，來到天母運動公園就是推著一輛如同坦克般的大型三輪嬰兒車，車上的裝備不遜於我，小孩打赤腳也沒關係，不小心從溜滑梯摔一跤也是看著小孩自己爬起來，全場幾乎聽不到這些媽媽的咒罵聲與怒喊聲，親子同樂的和諧與恬淡，與天地花草融合為一，這才是親子相處之道啊！我並非崇洋媚外的人，但是外國父母照顧小孩的某些超優觀念，真的值得我們好好研究學習的。

台灣的小孩很可憐，爸媽也很可憐，這個社會把大人的工作時間拉長到快讓人窒息，小孩與父母相處的時間被壓縮到極為零星，外傭和祖父母便成了照顧小孩的兩大主力族群。但我在公園最怕看到這兩種人出現……

「哭甚麼哭？哭啊，你盡量哭啊！」外傭惡狠狠地對著小男孩罵道。此時他們坐在公園的角落，四下無人，正是外傭好好教訓虐待小孩的好機會。平常在家已經受夠了，所以外傭在外面帶小孩時，根本就是換了個完全不一樣的巫婆嘴臉。好一點的外傭雖然不會罵人，但就是拼命講電話，完全不理小孩，小孩像個白癡一樣地看著天空發呆，外傭絕對不會浪費時間去啟發妳的寶貝小孩。這就是外傭在公園與小孩相處的真實黑暗面，懂嗎？

「對不起，可不可以閃邊點，我的寶貝孫要溜下來了喔！」這是典型的爺爺和奶奶組合所說的話。擋我者死，逆我者亡，想動我孫子一根汗毛，就是膽敢在老虎頭上拔毛。公園最好隨時保持清場，盡量不要白目到讓我來趕！

最最可怕的是……爺爺奶奶加上外傭一起帶小孩的三人合體組合，爺爺負責全程攝影，一個鏡頭都不能少。「看這裡喔，笑一個，小寶，好棒喔！」爺爺的專業技術應該曾經得過金馬獎。

從爬溜滑梯到下溜滑梯的整個過程，只見滿頭大汗的奶奶在上面扶小孫子，一臉嚴肅、深怕有任何閃失會傷了小孩筋骨的外傭則是在下面準備接小孩。其他的小孩必須保持距離乖乖排隊，以免擋到爺爺獵取每一個精采童年全記錄的寶貴畫面。

在沙坑陪小孩的大人以媽媽居多，閒閒沒事做的爸爸通常只有我一個，還記得嗎？我之前跟妳說過那個小秘密，就是蹲在沙坑上的媽媽們，很喜歡穿寬鬆的T恤和低腰褲，身體一往前傾，屁股一往下蹲，超容易走光的。不過爸爸不是那種心術不正的傢伙，肯定是目不斜視的，雙手總是正襟危坐地端端莊莊拿著報紙（報紙中間不小心破個小洞），況且這種為了小孩付出時間與關懷的偉大母親，因為無私的母愛而不小心春光外洩，我怎麼狠得下心去偷看人家的「前後雙溝」呢？這跟禽獸有兩樣嗎？簡直就是禽獸不如！好了好了……我咧，哪壺不開提哪壺，陳致中的朋友拉二胡。我不是要講馬里亞納海溝的事啦！

我是說，每次我在沙坑旁邊，脫掉衣服、塗上助曬油，油油亮亮的結實肌肉在太陽底下閃閃發光，我拿著啞鈴做上兩組運動，筋脈賁張的隆起二頭肌，滴淌著那充滿男人味的野性汗水，太Man了！喔，超有Fu的。做完兩組休息一下喝口冰啤酒，甩著頭上的汗水大叫「啊」一聲，我成了啤酒廣告的猛男明星，不禁讓我追憶回想起，以前身處在美國加州芭芭拉海邊健身沙灘上那段狂野的時光。What a wild thing, I will give you everything.老爸爽到哼起朗朗上口的英文歌曲來。

可是這時候，總覺得身邊有許多垂涎的目光，饑渴又貪婪，我聞到了，那是很多媽媽集中在一起之後，才會發散出的重口味熟女味道，如同野狼緊盯著獵物般虎視眈眈的看著我。爸爸以前服役的單位是海軍陸戰隊的兩棲偵搜營，相信我的特戰專業直覺，我嗅到了，我感覺到了，事情有點不太對勁，猛然往沙坑現場快速掃瞄，原來滿坑滿谷的沙坑人潮，小孩跟媽媽突然都走光了。

我只是做我自己，帶小孩順便娛樂自己、鍛練身體，難道我錯了嗎？難道爸爸錯了嗎？難道爸爸真的錯了嗎？剎那間我發出哭嚎、仰天長嘯，接近破表的悲情指數，直逼阿扁在看守所前面的慘叫。這真的是台灣人的悲哀啦！

或許是我勾起這些媽媽心裡面的痛吧！她們老公的肚子又大又油，難得有空卻總是懶得陪小孩，這麼健康強壯又愛小孩的我，不禁讓她們觸景傷情吧！不過後來我老婆是這樣分析的，「要是我看到你也會趕快閃，你出門不能正常一些嗎？搞到自己像變態，連小虹都沒朋友跟她玩，讓她長大後心理都有陰影了啦！」

媽媽的話聽聽就好，左耳進可以右耳出，要不是我練就了這樣充耳不聞的本事，我早就……所以我還是堅持做自己、我行我素，照舊到公園練身體帶小孩。

今天運氣不錯耶，竟然還有一位法國辣媽帶著一位可愛的小男孩在沙坑玩。基本上我是一個深受法國文化薰陶的紳士，深知包容異己的美德很重要，人與人之間只要不互相妨礙，大家都要彼此尊重，不是嗎？因此我禮貌性地跟法國辣媽點個頭之後，就自顧自地攤開瑜珈墊進行熱瑜珈的高難度訓練了。

「請問你現在做的動作，是不是印度菩提大師的大圓滿法，男女雙修熱瑜珈的一〇八式呢？」

嗯，這位法國辣媽不僅中文講得好，聽她的話似乎也是位練家子喔！

「沒錯，難得有人認出這招最高難度的瑜珈法門最高段式，聽起來妳也熱中此道喔？」爸爸不疾不徐地回答道。

「請問怎麼稱呼你？」

「叫我卡卡仁波切。」

「你可以借我用一下瑜珈繩嗎？我也想伸展一下，畢竟陪小孩一直蹲在沙坑上也會累的。」

「沒問題，請自便。」

爸爸乃是一名翩翩風度的君子，我跟法國媽媽各自做著伸展操，互相不打擾，也沒有厚著臉皮邀請她一起進行譚催瑜珈的男女雙修大圓滿法。就這樣地過了十分鐘，沙坑已經出現了十幾個媽媽和小孩，他們帶著謙卑崇拜的眼神看著我們，完全沒有當初對我的那種鄙夷目光。

台灣人很崇洋，看到有外國媽媽跟我一起廝混，馬上就會如同聞到腐肉和大便的蒼蠅一樣蜂擁而上。一個怪怪的台灣男人出現在沙坑旁可能就不太對，但是只要有外國人與你為伴，情況完全不一樣。為了要讓小孩提早進入雙語狀態來與世界接軌，許多台灣媽媽看到外國小孩總是眉開眼笑、心花怒放。這些台灣媽媽帶小孩出門就像在演一場感人飆淚的親子人倫大戲一樣，有點人來瘋，旁邊人愈多，媽媽對小孩就非常慈愛，盡情地展現從書中學來的另類獨特且先進的親子教養觀念……給大家看！

做自己真有那麼難嗎？爸爸在夜深人靜的時候常常在想。旁人的眼光有那麼重要嗎？我不在乎！但這需要十足的勇氣，以後妳就會知道的。小虹，在沙坑裡玩耍的妳是如此快樂自得，我讓妳盡情發揮創意做自己，讓妳挖個沙坑把自己埋起來都沒關係。衣服弄髒了，我索性把妳的衣服脫光光，讓妳恣意玩個爽，我才不甩別人的指責目光，因為全身髒兮兮黏著沙土的妳，現在就是我的台灣之光。

小虹，做自己，一定要做自己，百分百信心加上一萬分堅持喔！

6. 女人不是天生而成，女人是後天形成

小虹，因為妳是女生，所以，性別與認同這個嚴肅的課題，是妳終其一生要去面對的問題。「愛台灣」這三個字很暴力，這三個字原本的用意沒錯，每個人當然要愛自己的故鄉，但是有一群沙文主義的大男人把它濫用了，把「愛台灣」這三個字活生生地強暴了。

還不懂得甚麼是愛之前，千萬不要一開始就貿然去愛台灣或是愛爸爸，懂嗎？先學會愛自己，行有餘力，再來愛台灣或是愛爸爸。如果妳先去愛別人，忽略了愛自己，妳的付出便會要求對方同等程度的回報，要是得不到相等對稱的回報，這樣的愛就會變質成為恨，愛變成恨，真可怕，單純的愛有了雜質，那就是變調的愛。

在我接觸到各種腥羶色的社會新聞時，我特別注意到一些關於原本乖乖的女孩卻誤入歧途的個案，這些個案通常有幾個共同的特徵。

第一，女孩們的童年都很破碎不堪，缺乏父愛的長期關懷。

第二，第一次的性經驗都很不愉快，而且是在半推半就的朦朧無知狀態下草草發生的。

第三，將性當成肉體交換金錢的條件，價值觀發生嚴重的錯亂。

小虹，如果有一天，妳才十八歲，我在妳的房間不小心發現了保險套和按摩棒，我不會說甚麼，更不會把妳找來當面羞辱責罵。

小虹，要是有一天早上，我起床泡咖啡準備上班，剛好妳泡完夜店才回到家，我聞到妳身上混合著煙酒與男人古龍水的味道，我不會發飆叫妳在神主牌前跪下，只會問妳咖啡要不要加奶精和糖。

妳從來都不是屬於我的財產，妳所選擇的男朋友或丈夫，都是妳自己必須要去承受的不可知未來。但是請允許我提醒妳幾件小事：

一定要學會開車，不要把手握方向盤的駕駛座位交給妳身邊的男人，在經過高速公路收費站的時候，要是旁邊的男朋友拿票的速度太慢，請妳大聲地告訴他：「拿個過路票都那麼慢，下次不要開車載你出來了！」

經濟絕對要獨立，千萬別想找男人當金主做靠山，要用雙手而不是雙腳賺錢，女人無法自己賺錢的話一切都免談。

婚姻是妳跟丈夫兩人世界的事情，別人無權置喙評論，不過千萬不要嫁給那種還沒斷奶的男人，長到三十幾歲，大小事情還要回家問媽媽，嫁給這種沒用的男人，妳會被他家的婆婆、姑姑和嫂嫂煩到掛。

跟妳講一下我的故事，關於我差點變成gay的故事。如果我當時真的出了櫃，現在就生不出妳了，聽完這個故事之後，妳就知道為何我不會送妳到需要住校的私立女子中學的原因了。

小學畢業之後的我，成績頗優，爺爺捨不得讓我這樣的人才留在彰化鄉下讀公立國中，於是把我送到台中一所最知名的私立中學就讀。爺爺不僅花大錢買通打點各種入學的管道，而且還特別讓我住校接受嚴格的軍事化訓練，但這卻變成我青少年時期惡夢的開始。

我很瘦小，蒼白又有點娘味，迷濛水汪汪的大眼睛，讓人總覺得楚楚可憐。剛入學住校的第一天晚上，我在浴室就遇到了一群高年級的壯漢學長，全身赤裸正在擦肥皂的我，突然間一不小心把手上的肥皂滑掉，滾到那群學長的腳邊。

「你是故意要害我等一下踩到肥皂跌倒嗎？」我還記得這位全身毛髮粗黑的學長對我惡狠狠地說，「馬上給我撿起來！」

當我低下身子彎著腰、噘起屁股把肥皂撿起來的一剎那，我發覺學長的眼神流露出我從來沒看過的邪惡笑容。

「新來的喔，哈哈哈……」

連續三年的時間，我就這樣，在這間全中部地區升學率最高的私立中學，度過我慘綠的少年歲月。後來我愛上了李清照那首悲涼唯美的詞牌：後庭花，還有周杰倫的歌曲：菊花台。長大打麻將的時候，最喜愛糊兩種特別的牌：槓上開花、海底撈月。

一直到了國中三年級，我遇到了爸爸這輩子最好的朋友小廖，滿臉絡腮鬍的他有夠man，而且非常有正義感，剛剛從另一所私立中學被退學轉到我們學校來。小廖的爸爸是中部海線的角頭大哥，星期天都有五部賓士黑頭車和十名穿黑色西裝理平頭的壯漢，幫他開車門提行李到學校的宿舍門口來，宿舍的舍監和值班教官一定會畢恭畢敬地出來迎接小廖，同學們更是只敢躲在旁邊竊竊私語地圍觀談論著：

「哇靠，我家爺爺出殯也不過是這樣的排場！」

小廖成績爛到不行，剛好上課又坐我後面，睡覺在我下鋪，我心想剛剛才把痔瘡治好，來了這號兇神惡煞人物之後，剛開刀縫好的傷口也不用拆線了，遇到小廖這種狠咖，晚上我……就讓它一路爛到爆了吧！沒想到小廖是面惡心善的好人，他住進來我們這間八人宿舍後，沒人敢欺負我了，畢竟大家第一次遇到真正的大哥，還摸不清楚他的底牌和性向，寧願選擇靜觀其變，因此也暫時讓我在這段時間不再遭受到集體霸凌的虐待。

第一次隨堂測驗英文科目，我振筆疾書、從容不迫地把所有答案寫好，爸爸的讀書天賦很高，唯有考試讓我能夠真正得到自我肯定和老師的認同讚許。可是我感覺到身後的小廖完全沒有動筆的聲音，他快掛了，讀書就是他的罩門。於是我偷偷地把寫好的考卷垂到桌下，身體往旁邊略為一靠，答案就在小廖的眼前，他知道我的意思了。就這樣，小廖的每一次考試都在我的掩護之下安全過關，偶爾我也會教他一些讀書的方法，畢竟光靠偷看作弊不是辦法，兩人成了莫逆之交。

「看，你們給我小心一點，現在誰敢欺負我兄弟的話試試看，現在他是我罩的喔！」小廖在全班面前大聲對著那些以前欺負過我的同學們說。

小廖讓我從有點娘味的男孩變成了鐵錚錚、硬梆梆的男人漢子。他帶我去台中車站綠川的花街柳巷開了第一次洋葷，介紹了一堆在台中學士路混的泡沫紅茶店女朋友給我認識，晚上帶我到文心路的五百暢飲大口喝啤酒，星期六請我到黃品源駐唱的Pub聽Live Band演出，星期日則是約了二十輛追風125的暴走飆車族到大肚山夜遊兼砍人。

我終於得到了男人群體的認同，我也跨越了性別認同的尷尬與模稜兩可，我成為男人了，我變man了。但是，小虹，真的是這樣嗎？

每個小孩在出生之後，青春期的性徵還沒出現之前，其實都具有男女兩種美好的潛在特質，英文叫做in-betweeness的中間模糊地帶。有些比較特殊的小孩卻因為基因的某種先天問題，長大後，明明有男生的外表，但是骨子裡具有十足的女人味；有些女生看起來又非常陽剛，而且很排斥穿裙子留長髮。爸爸的女性化特質本來是我的優點，細心、敏感又善解人意，但是後來我為了要在青春期階段能夠得到男性群體的認同，有點為賦新詞強說愁的味道，把自己搞得暴力粗俗不堪，抽煙吃檳榔、動不動就罵髒話，言語中充滿對於女性的不尊重與輕蔑，幹盡貶低物化女性、喪盡天良且令人髮指、人神共憤之能事，難道這叫man嗎？

我的母性是在妳出生之後才找到的，我悟到了一個真理：男人不娘、小孩和女人不愛。想想看，要是我開車載妳從坐月子中心出來的時候，把那個在馬路上逼我車的混蛋拖下來毒打一頓，雖然我逞了一時之快，可是手指骨頭因此斷掉，半年內無法抱著妳哄妳睡覺的話，那樣會讓我多麼內疚呀！忍一時之氣才是真正的男子漢，不是嗎？

至於女人呢？我認為女人不是靠著搔首弄姿、賣弄風情而成為女人的，要真正成為一個女人，我認為必須具備以下幾個條件。

第一，不要把性當做栓住男人的繩子，更不要把性當成交換男人付出愛情的唯一條件。不要把性愛和激情，和妳的工作、他的家世背景、未來晉升到上流社會的夢想混為一談，麻雀變鳳凰只是好萊塢的電影神話。

第二，不要在提重物的時候，才假裝成弱勢的小女人，拚命撒嬌請男人幫忙；更不要在抓住男人把柄的時候，得理不饒人地變成咄咄逼人的女強人，踩在道德光環之上，對男人公審、向社會大眾哭訴，置男人於死地。一個真正的女人是「不卑不亢」。

妳的人生、妳的婚姻和妳的未來，完全不需要對我負責。我會在妳上小學之後，站在妳的教室旁邊，準備送午餐的便當給妳，聽著妳跟同學們的朗朗讀書聲，看著黑板歪歪斜斜的可愛國字，偷偷地瞄著女老師的短裙、想著我最私密深處的心事，想著有一天，妳長大之後，爸爸曾經陪妳走過這一段日子……男人可以一事無成，男人可以求歡不成，但是男人至少可以陪女兒走過這段人生旅程。

不要重蹈爸爸年少輕狂、認同焦慮的覆轍，不要為了要證明自己很女人而失去自我；平胸、低沉嗓音、腿粗……如果真的是如此，這就是妳，誰又奈妳何！

第四篇

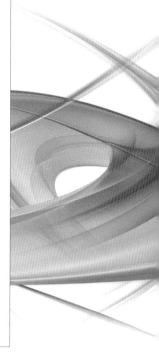

社會寫實之夜市補教人生

爸爸最愛看的連續劇是夜市人生，最羨慕的男人是補教人生的高先生。不過爸爸在本篇所寫的社會寫實人生都是虛構版本，請老婆大人千萬不要對號入座。我改過了，我向善了，我在車子後面都貼上「開車不喇舌、喇舌不開車、喇舌不如喇賽」的標語貼紙了！

1. 男人外遇事件簿：劈腿無罪，偷情有理！

親愛的小虹，男人天生就喜歡偷東西，以後妳認識的男朋友之中，有人會喜歡偷情、偷歡、偷腥和偷人，這是人之常情，如果妳無法忍受的話，請平靜地與他們講明白說清楚，務必要心平氣和，而且要充滿理性與感性。

「你這樣偷偷摸摸也不是辦法，劈腿很辛苦的，這段日子也真為難你了，連我看了都心疼。不然你就專心應付她們好了，我們還是朋友，好嗎？」

妳這樣說就對了，千萬不要燒炭上吊鬧自殺。

話說在遠古初民社會的人類，封建體制還沒有建立，男男女女看對眼就可以自由交配，交配就是單純那幾分鐘的體液交流時間，完事就走人，沒有甚麼愛與不愛、偷與不偷的惱人問題。自從父權體制社會變成主流之後，一夫多妻的男性沙文主義成為常態主流，男人可以納妾養妃，但女人必須從一而終，丈夫死了就要守活寡一輩子，還好可以在死後得到一塊貞節牌坊；如果愛上不該愛的男人，主動識趣一點的，就要投井自殺、含冤而死，被動白目一點的，就被家族族長大老們綁在門板上，丟到河裡面順流溺死。

爸爸的身上具有某部份台灣中部洪雅族平埔人的基因，平埔族是母系社會的和諧大同世界，母系社會是女人當家，不會像男人做主之後的父權社會，動不動就喜歡搞一些發動戰爭侵略的遊戲。我曾經到過雲南瀘沽湖畔的摩梭族人地區一趟，那邊是世上唯一僅存的母系社會，男女在白天看對眼，晚上可以走婚，度過美好的一夜。孩子生出來之後，男人不用負責，母親會獨立照顧孩子長大成人。

現在的台灣社會標榜著一夫一妻的婚約制度，男人雖然不能納妾，但是他們還是會捉緊任何一絲一毫可能的機會去偷情來滿足自己。女人偷漢子就嚴重了喔，社會對這些紅杏出牆的女人絕對是毫不留情，試問有人看過老婆偷漢子之後，她的老公會陪她一起出來開記者會，告訴大家他已經原諒他的老婆了，綠帽偶爾戴戴也蠻好看的呀！可是為何那些有名的男人偷情之後的懺悔記者會，絕對都會一把鼻涕一把眼淚地硬拉著老婆出席呢？

台灣有通姦罪，在文明先進的國家十分少見，就我個人當過短暫狗仔記者的真實經歷，我告訴妳為何通姦罪至今遲遲沒有廢除，沒有讓通姦除罪化的最主要原因，以下便是檯面下不能說的秘密。

通姦罪的存在，周邊產業貢獻了台灣每年經濟成長指數ＧＤＰ的百分之一，創造了台灣二十萬人的就業生計。這麼多的豪華汽車旅館靠誰來養活？街上和公車站牌滿坑滿谷的徵信社招牌廣告，誰來當業主和散財童子？黑道靠仙人跳可以盡其所能地來勒索那些偷情的男人，記者靠跟拍爆料的照片就能讓報社的頭條一天賣上十萬份。通姦罪如果不存在，台灣也就沒有經濟奇蹟了。

當狗仔很累，捉姦更累，但是通姦是全民共業，對於男人偷情的卑劣，站在道德光環的頂點天際線，我們對這些臭男人都是呸呸呸，全天下的狗男女的確讓人十分不屑。我守在汽車旅館的入口夙夜匪懈，一刻也不能停歇，有任何的風吹草動，馬上連絡旅館櫃台的值班守夜，因為我跟旅館房間清潔的歐巴桑也是同流合污、沆瀣一氣，狗男女完事退房之後，歐巴桑立刻進去撿起所有垃圾桶的保險套、衛生紙和紙屑。狗男女們，我要跟你們說聲感謝，所有罪證確鑿的犯罪事實在我眼前一一呈現，終於可以讓我好好來寫。小心喔，我的線民可能就是潛伏在你們身邊任何可疑的匪諜，跟我投訴爆料的線索永遠不缺。

史瓦濟蘭國王的王妃偷男人為何就有罪？胖到快陽萎的國王憑甚麼養了一大堆小妾？這種糟糕透頂的爛咖國王，竟然還是台灣堅定的友邦，沒事還要重金禮遇請他來台灣當座上賓，幫他做全套健康檢查看看有沒有染上愛滋病。話說男人偷情一緊張常常容易早洩，明明沒有被滿足的女人，為何還要假裝好心地說聲：「沒關係，下次再來喔！」很貼心地表達自己無微不至的體諒和關切。

小虹，如果有一天，妳選擇了一段婚姻，想跟一位妳愛的男人組織一個家庭，妳一定要有這樣的心理準備，那就是廝守終身是一段非常難得的神話，要是妳能跟老公白頭偕老，恭喜妳，要是有點意外的插曲發生，沒關係，請記得妳跟老公曾經擁有的美好過去。活在當下，保存過去快樂的回憶。愛之欲其生，惡之欲其死，這是最要不得的。好聚好散是每個人終其一生修行的最高境界，過程很重要，活在當下！

（PS：爸爸現在不偷了，因為最後一次偷情的時候發生了一點小意外。當時在夜深人靜的陽明山第二公墓附近，有點急，於是臨停在路邊一間有應公好兄弟的陰廟前面，做完後衛生紙丟在地上很不環保，美國前副總統高爾如果看到一定會很生氣。後來開車回到大馬路立刻出了車禍，這就叫善有善報、惡有惡報，不是不報，時候未到。偷情無間道，人間現世報啊！）

2. 一輩子必須小心的三種人：活佛神棍、理財大師、地方人士

爸爸說過以前我在地下電台賣過假西藏天珠的事情給妳聽，這世上真的有許多喜歡裝瞎弄鬼的神棍到處招搖撞騙，假藉宗教濟世之名，敲鑼打鼓地行善，暗渡苟且齷齪之陳倉，不可不慎，誡之防之啊！真正的修行者是大隱隱於市，在芸芸眾生中低調平凡地提昇自我的身心靈；高調穿著道袍袈裟來招搖過市的神棍，每天在妳面前數著念珠唱著阿彌陀佛，私底下卻是左手摸奶右手唸經，佛在心中坐，酒肉穿腸過。

「小姐小姐等一下，妳後面跟三個喔？」

「跟三個甚麼？」

「妳是不是拿過小孩？講實話，我都知道，妳再騙騙看？舉頭三尺有神明，知不知道？」

「我……我是有……可是我養不起啊！男朋友又不想負責，我只好……」

「別再解釋，這三個嬰靈怨氣很重，會跟定妳一輩子，如果要化解的話，唉……」

「真的嗎？好可怕，難怪我最近工作都不順，月經也不順，玩二十一點打撲克，總是拿不到同花大順。」

「人一旦不順，連小便都會咬冷筍。我倒是有個辦法可以讓妳化解喔！」

「真的嗎？」

「妳可以配合的話就沒問題。」

就這樣，神棍不但把妳天人合一，靈肉也合一了，這就是神棍的本質。先讓妳害怕恐懼，用盡心理學的各種偏門把妳收服地乖乖順順。小心，這樣的神棍到處都是。千萬不要相信算命，絕對不要讓男人幫妳算命，命運掌握在妳自己的手中，多去讀一些西方思潮的實證主義理論，了解東方宗教神秘主義的深奧哲學底蘊，切勿盲目跟隨世上所有得道宗師與心靈導師。古人以書為師，好為人師者不足取也，對世間所有無法感知聽聞虛無飄緲的靈異怪事，應時時抱持著懷疑論者的求證態度，千萬不要自以為是。有為者亦若是，無為者只好聽天命盡人事。

台灣錢淹腳目，投資理財大師到處都是，這是妳要小心的第二種人。許多冒牌的投資老師也是好為人師，動不動就想告訴妳他的投資策略和生財法門，後來大家都把錢拿給他統籌集資，因為他的內線消息絕對值得投資，最後妳就會落得人財兩失。

台灣人很可憐、很貧乏，人與人之間的話題，除了談論算命靈異與賺錢投資之外，已經沒有任何心靈伴侶似的思想火花與激盪了，這是一個不談論哲學、現象學、文明衝突的淺碟型膚淺社會。冒牌的投資理財大師深諳台灣人愛錢的深層心理脈絡，所以便會隨時出現在妳身邊的任何一個角落，伺機插入人群的閒聊話題，以酷似投資神棍的裝神弄鬼、賣弄玄虛姿態，獲得大家的尊敬與愛戴。

「我跟妳說，大陸汶川大地震之後，原物料股一定會大漲，信不信？」

「現在進場會不會太慢？」

「妳跟我的節奏來買賣就對了！還有台灣那個八八風災過後，妳一定要……」

這個社會多嗜血，妳看看，世界上所有別人的不幸與災難，在這些老師眼中，只看到如何錢滾錢與投資商機。更可悲的是，當妳把他當成一代投資宗師之後，有一天妳會知道，原來他就是台灣詐騙集團其中一個主要環節。

不管以後妳長大後讀甚麼科系，一定要多吸收一些理財常識，不過千萬別走偏門與捷徑賺錢，人生也不是每天一張開眼睛就只想到錢、數字與盤勢，那將是非常可悲的人生。人生就該浪費在美好的事物上；而錢是最髒的，所以很多人常常要把錢拿去洗，不是嗎？

在台灣社會中，有一種人很特殊，他們叫做地方人士，地方人士之所以活躍，就是因為台灣社會的司法不公、法律不彰，部份法官收賄，只想在中午吃完壯陽藥膳羊肉爐的休息時間，趕快帶情婦到賓館嘿咻開房間。在傳統的部落社會之中，地方人士就是所謂的頭人，專門處理一些人與人之間狗屁倒灶的無聊事。他們處理這些事情的目的，並非是想讓社會更進步更美好，他們在這樣搓湯圓、和稀泥、淌渾水的處理過程中，一次又一次，累積個人聲望和權威，最主要是想得到大家的尊敬與愛戴，成為某種性質的台灣黑道最後仲裁者的大老角色。

「飛哥，你來評評理，我們社區如果大家都像小王家一樣，把陽台違建外推出來，那麼整體社區的外觀與美化還有任何品質可言嗎？」

「飛哥，你當主委也兩屆了，又不是只有我小王才蓋遮雨棚，小高家也是一樣啊！若不是小高先蓋，大家也不會有樣學樣啊？」

社區住戶你一言我一語，管委會開會每次都成了文化大革命的批鬥大會。就算遇到第一〇一次的這種場面，飛哥主委的最主要功能還是他口中常說的那句名言：「大家以和為貴啊！」

住戶們分成好幾個集團與黨派，但是不管如何，飛哥永遠都是大家口中的大好人以及和事佬。社區的問題與紛爭從來沒有真正徹底解決過，不過一旦逢年過節、端午包粽、中秋烤肉的時候，飛哥絕對是有吃又有拿。

「飛哥，不好意思打擾你，這瓶紅酒算是點小意思，過年送個春酒，大家好鄰居嘛！」

「飛哥，來來來，一起坐下來吃塊我剛烤好的牛小排！」

飛哥坐下來之後，可以跟大家一搭一唱，狂罵黑心建商的不是，等到吃飽喝足拿夠了，回到管理室，還能夠很厲害地馬上轉換心情，臉不紅氣不喘，跟建商勾肩搭背、稱兄道弟來把酒言歡。這就是地方人士的本質，好人都給他當，好事都算他一份，黑白兩道通吃，遇到麻煩則專挑軟柿子吃。

小虹，以後一定要多讀點法律的書，每個人的身邊一定要有兩種朋友：會計師和律師。遇到事情了怎麼辦？當然不能跟那些地方人士打交道，請他們幫忙的話，事情愈喬愈忙。人與人之間的糾紛，盡量要在第一時間把它單純化，而不是讓這些人來瞎攪和，把它複雜化。

把人看透不是件容易的事，從事情的表象要看到事情的本質，更是困難。人有許多種面具，會配合各種不一樣的場合戴上應景的面具。人生舞台就像是義大利威尼斯的面具嘉年華會一樣，千萬不要被他人的外表所迷惑，因為卸下面具後的真實面貌，常常會讓人大吃一驚。

3. 性騷擾、性侵害……以性之名

性本來是件很美好的事情，但是以性為驅動力的犯罪非常可怕。不同於其他的人，爸爸會用精神病理學的角度來看性犯罪事件，日後妳長大滿十八歲，我會盡其所能地撥出時間，跟妳一起讀水果日報的社會新聞，用我的新聞專業眼光，以社會學和心理學的角度，來對新聞內容的發生始末進行血淋淋的社會活化版深度分析。

我不贊成那些禁止小孩看水果日報或電視網路社會腥羶色新聞的教育理論，如果我這麼做的話，只會讓妳對這些禁忌的話題更加好奇，到了學校之後，妳照常跟同學拿這些勁爆話題來大肆討論，與其讓妳跟同學瞎說，不如讓我大大方方坦然與妳懇切面對這些社會黑暗面的事實。沒有體會過夜晚的黑暗，怎能了解白天光明的可貴呢？偷偷告訴妳一個秘密喔，其實我還真希望以後妳當個跟李昌鈺一樣厲害的神探耶！

小虹，妳知道嗎？媽媽懷了妳之後的第二個月，爸爸發生了一件讓我這輩子永難忘懷的教訓，從此之後，凡事我都變得非常謹慎小心，對人性十分提防，身上隨時帶著錄音筆，對人所講的每一句話都再三斟酌，不再跟任何一個女人和小孩獨處。這件事跟精神病有關，也跟性這個話題有關。

我最喜歡的一本書叫做《我在雨中等你》，寫的是一個賽車手與女兒和狗的故事，那隻狗會講話，跟以前我養的狗多多很像。不過重點在於，有位未成年的小女孩深深迷戀著這位帥氣的賽車手爸爸，有一天想要色誘他，結果竟然沒有得逞，後來小女孩惱羞成怒，告上法院說這位賽車手想強暴她。

最近有一些富商被情婦告上法院的新聞也有點這樣的味道，原來性也是女人的武器之一。不要誤會，我並不是說很多男人都是無辜的，只是電影《不能沒有妳》，那位真實生活中的單親爸爸，不也是曾經被人搞烏龍爆料嗎？那樣空穴來風、捕風捉影的道貌岸然指控，真可怕！性是一把雙面刃，是男人拿來操弄女人的利器，但是女人也可以拿來反操弄，讓大家兩敗俱傷。

小虹，姐姐比妳大三歲，從小也是爸爸一手帶大的。妳知道爸爸是一個很率性不拘小節的人，由於在法國養成曬太陽做日光浴的習慣，平常跟姐姐在巷子玩的時候，一定會脫上衣抹助曬油，享受暢快流汗與陽光洗禮的健康快感。但是其他的鄰居不這麼認為，台灣人從小受到性的制約及壓抑太大，對於身體的裸露總是無法用自然正面的態度來看待。

「我說小王啊，你每次出國都一兩個月，要小心喔，我們有位猛男鄰居每天都在你家樓下溜達，專門勾引良家熟女喔！」

男人比女人善妒，尤其是看到比自己壯的男人，心中的自卑與焦慮，便會引發精神病理學中的被迫害妄想症候群現象。

姐姐三歲就學會了直排輪，這要歸功於爸爸的專業指導，因為以前爸爸在法國可是滑雪高手，溜起直排輪就跟吃塊蛋糕一樣那麼簡單。後來我擔任起社區的義務直排輪教練，常常帶著社區一群小孩直接從山坡上以S型的高級動作呼嘯而下。那段時間是姐姐最快樂的時光，我的熱情帶動了所有小孩的每一顆運動細胞，我成了孩子王，我受到大家的喜愛。

不過並不是每個小孩都能夠擁有幸福的童年和正常的家庭，有些小孩從小受盡了父母的糟蹋與折磨，純真的心靈已經不再，邪惡的本質早就深埋在稚嫩無辜的外表下。這樣變態的小孩隨時在等待一個機會，一個報復的機會，一個讓這些壞到透頂的大人，付出過去用盡各種方法虐待羞辱他們的代價。很不幸地，在這群溜直排輪的小孩之中，就有這樣一個小孩，我大意了，我疏忽了，我注定要為我自以為是的輕率而付出慘痛的代價。

一如往常，只有我一個大人帶著這群小孩溜起直排輪的接龍遊戲，那些小孩的父母樂得省事，他們終於可以在家好好看電視，反正有現成的白癡志工爸爸幫他們帶小孩。小孩很容易得意忘形，一旦學會熟練了某種運動技能，常常會想證明自己比別人行，害我必須一路大聲地告誡提醒，小心小心再小心！突然間，出代誌了！本來在接龍隊伍最後一位的小孩竟然脫隊往前衝，完全沒有煞車地直直往下衝，結果在路口轉角處撞上了路邊圍籬護欄。還好她有戴全套護具，只受了點皮肉傷而已，驚嚇過度的她卻已經說不出話來。

「小乖，很對不起，妳並沒有遵守我在出發前所訂下的規矩，兩個月之內，你不能跟我們一起出去溜直排輪，妳好好反省反省吧！」

賞罰分明是我的原則，兩個月之內，小乖只能在旁邊看，除非她學到了做錯事的教訓與團體生活的紀律。小乖似乎很不甘心，她認為我故意排斥打壓她，她的父母也很不諒解，認為其中必定有鬼。

「媽媽，妳知道嗎？叔叔教我們直排輪的時候，都會偷摸我的屁股！」有一天小乖帶著無辜的受傷表情跟她媽媽哭訴著，「後來我叫叔叔不要這樣，可是他就很兇地罵我，所以我現在根本不想跟大家一起溜直排輪。」

第二天在社區公布欄上出現了一張匿名的檢舉信函，上面寫著：「本社區出現一位可怕的色狼，請各位小朋友一定要小心，絕對不要跟這位叔叔玩，否則他會摸妳的屁股喔！」

在第一時間內，有位熟識的鄰居目睹小乖貼了這張告示，我帶了數位相機先拍照存證，然後準備後續的法律動作。不過，我知道法律程序只是最後不得已的自保手段，民事毀謗和刑事的公然侮辱都可以同時提告，但是這種案子就算告成功，通常都是易科罰金草草了事。但是我先要試探一下那些平常叫我沒事就照顧他們家小孩的鄰居們，他們對於這些事情的看法，以及他們的正義感指數有多高。

「小王啊，你應該知道我的為人吧！如果是你遇到這種鳥事，你不會善罷甘休才對，人的名譽是第二生命，不是嗎？況且我在媒體圈也算小有名氣，提告乃必要之手段。你當場目擊了現行犯貼那張告示的過程，你是證人，你願意幫我出庭做證嗎？」

「唉，這種小事幹麼搞那麼大呢？我……其實那天我也沒看清楚，而且我覺得以和為貴嘛！」

連續問了三個曾經在我家吃烤肉、喝紅酒、談人生理想、編織有夢最美的好鄰居們，結果答案幾乎都是跟上面的回答一模一樣。

透過這一件事，我又再度看清楚人的本質。

萬念俱灰之際，我想起了過去那位狗仔日報的新聞部長官跟我說過的一句話：「毀掉一個男人很容易，第一個最傳統的方法就是捉到他偷情搞外遇的證據，第二個最狠的方法就是，說他除了性侵以外，還有戀童癖。」

以前我跑過一個新聞，單親爸爸離婚後自己帶女兒過生活，很苦很累，但是父女倆很幸福。媽媽離婚後跑去做直銷，三年後賺了一筆錢，開始後悔當初把女兒的撫養權給了爸爸，現在很想把女兒接回來一起住。一開始，媽媽每天下課都去幫忙接小孩，求爸爸讓她跟女兒可以在傍晚度過兩個小時的親子時光，媽媽在這兩個小時內，帶女兒去吃冰淇淋和牛排，用盡各種辦法來滿足女兒的物質慾望。

「妳跟爸爸過得很窮對不對？」媽媽問。

「爸爸都沒有帶我去吃牛排和冰淇淋。」女兒回答。

「那妳想要每天都可以吃到冰淇淋和牛排嗎？」

「當然想啦！」

「真的嗎？」

「那妳聽我的話，照我教妳的話去做，保證妳以後每天都有牛排和冰淇淋。」

「媽媽怎麼會騙妳呢？這種遊戲就叫做冰淇淋與牛排吃到飽的遊戲喔！」

一個月之後，法院把女兒的監護權重新判給了媽媽，原因是因為女兒在庭上指控爸爸對她性侵害。

小虹，這些故事帶給妳甚麼啟示呢？第一，那就是世界上真的會有一些壞人在旁邊對妳虎視眈眈，而妳一定要保持高度的環境危機意識警戒狀態，事先察覺危險人事物即將發生的前兆。第二，你跟我的幸福美滿狀態，也隨時有人會在旁邊伺機而動來搞破壞，我們的完美，會讓那些不完美的組合心生怨懟，所以，做人一定要低調，做好人更要十分低調。自己的小孩請各位父母們自己花時間照顧好，親子共學共遊的崇高理想，不只是讓大家把小孩拿來互相做比較。話不要亂說，玩笑不要亂開，任何不經意的輕佻字句經過錄音筆錄音後製剪接，絕對變成十分勁爆精彩的經典名言，法庭上播放之後讓你啞口無言、含冤認罪。

男人們，爸爸們，真心地奉勸你們一句話：有女人在，有小孩在，玩笑千萬不要亂開！men's talk的男人聚會、酒酣耳熱之際，更是要小心你所講的每一句玩笑話，已經被你的麻吉好友用錄音筆錄下來，原來這位好朋友跟你的太太早就有染，他們之所以暗通款曲是想要謀奪你的財產。做人很難，做男人更難！

4. 賭徒歲月之麻將生涯一場夢

小虹，世界上有兩種東西絕對不能染上癮，那就是賭跟毒。爸爸如果能夠在第一次考上大學的時候就順利畢業，現在不是當上新聞局長的話，好歹也是某家電視台的高階主管，原因就出在我一上大學就迷上了打麻將。朋友之情是愈賭愈淡，愈賭愈賭爛！

小時了了、大未必佳，人的一生，起跑點絕對不能太順利。爸爸在那所中部一流私立高中畢業後，一九八七年，以第一志願高分錄取輔仁大學大眾傳播學系新聞組，少年得志大不幸啊！最爽的當然是爺爺，他早已經為我鋪好以後畢業回鄉發展的康莊大道，繼承他在地方上的所有人脈，選個市民代表或縣議員拓展金脈，有錢有勢之後，除了毒品和槍甚麼都能賣。

現在考上大學不稀罕，沒有考上大學才是很好笑。當初岳飛被秦檜奪命連環發了十二道金牌後被賜死，我考上大學之後，則是得到十面金牌，掛在脖子上，有點像是大甲鎮瀾宮媽祖金身的感覺。十面金牌全是爺爺那些因金錢而在一起的好朋友送的，包括第一到第十信用合作社的主管，很不幸的是，這十位好朋友最後也因為爺爺沒錢而跟他分手。成也錢，敗也錢！至於那十面金牌呢？為了償還我後來賭桌上的債務，身體髮膚、受之父母，我選擇不讓我的十根手指頭被人剁掉，乃孝之始也，於是忍痛讓十面金牌全都進了當鋪。

位在新莊的輔仁大學是個好地方，只可惜爸爸不上進，沒有好好珍惜這樣寶貴的好時光，否則現在可能擁有新莊副都心的好幾棟捷運豪宅。第一天新生訓練報到的時候，我聽到了大學天主教堂悠揚的鐘聲，好神聖，好感動，讓我想到了《聖堂教父》那本漫畫書。到了鐘聲第七響的剎那，我突然靈感來了，就跟月經冷不防就來了一樣。話說古人是七步成詩，我是鐘聲七響之後當場做了一首打油詩：唬人唬人有夠爛，輔仁大學學唬爛！

真是才華洋溢啊，年輕得志的我，神采飛揚、意氣風發，準備好好把我的唬爛本事，在新聞科系的專業上大放光芒啊！

後來，我果然先在牌桌上大放光芒、大顯身手。像我這麼一個來自彰化淳樸鄉下的小孩，突然被丟進到台北花花世界的大染缸，一下遇到一缸子來自南北各地的優秀學生齊聚一堂，心中的自卑感不禁油然而生，發現來到台北之後竟然沒有一樣比得上人家，原來在彰化我也只是井底之蛙。但總要有一樣是贏人家的吧！果然，彰化人就是敢拼肯幹，林爽文之亂不就是跟清廷搏命嗎？我跳上了賭桌跟人拼輸贏。

十賭久詐，被詐久了，也開始學詐別人！小虹，為甚麼我說賭博跟吸毒的本質很像呢？因為那些慫恿妳賭博的人都會先這麼說：「我們玩五十底二十塊一台，朋友好玩而已，小賭怡情嘛！」

「可是我不會玩耶！」

「沒關係，我叫帥哥小四教妳，小四可是麻將學園全國比賽冠軍喔！」

一開始這些朋友會讓妳多糊幾把嚐點甜頭，妳打太慢的話人家還會耐心等妳。終於妳打上癮了，連春夏秋冬、梅蘭竹菊這樣的花色都摸得出來。五十塊一底加碼到二百塊一底，其他三家聯合好好讓妳一次輸到口袋見底，內褲露底，然後邪惡地笑著問妳，沒錢還債的話要用甚麼來抵？賭博真的是人性的天敵，自以為打遍天下無敵手，最後只能跑路躲債、不見容於天地。

一九八七年的台灣，解嚴後的大鳴大放，解除報禁與黨禁的美好年代，充滿了多少讓年輕大學生一展長才的好機會啊？我要是能夠每天乖乖上課，花幾個小時在圖書館看看麥克魯蛋的路邊攤傳播理論，以及阿莫多瓦的西班牙變態後現代電影的話，我現在到底又是如何呢？學姐還會在二十年後跑來電台當我的公司董事嗎？而我卻在生活溫飽邊緣跑跑我那卑微人生的可憐龍套？

賭徒性格的特點，就是輸了就想翻本，賭徒絕對不會承認自己賭技不如人，他會怪上家盯太緊，下家在你快自摸時卻亂放炮，對家沒事上廁所搞亂你的磁場運氣。但是賭徒從來沒想過，這些大大小小的賭局，都是別人早已設好讓你甘願縱身跳下的一個局。坐在你後面專門倒茶水的小弟，可能就是詐賭集團精心安排的一顆棋，瞄到你手中的牌之後，小弟用左手拿煙就表示你聽索子，用右手拿煙表示你聽筒子，電視轉到三立台代表你聽邊張三筒，轉到八大台代表你要卡八萬；難怪，不管你聽甚麼牌，就是邪門到底，要不到也糊不到。花花世界專出詐賭老千，賭徒夢醒總是沒有明天，從來就沒想過每一次的對陣博奕，命運從來不是主動地掌控在你自己手中。

四年後，被退學的我在酒店沉淪，一場猛爆性肝炎差點奪去了我的生命。病癒出院，我的人生重新歸零，虛弱到下床走路都雙腳無力。那年我二十二歲。

5. 大學生跑路了沒？戀曲一九九〇，真愛一世情！

小虹，說真的，我是鼓起了很大的勇氣，才會跟妳說這些關於爸爸的不堪往事，這有損於我在妳心中的好爸爸形象嗎？妳還會以我為傲嗎？人一生下來都是跟白紙一樣完美的，就跟妳那純真的面容與可愛的笑聲一樣，但是環境的轉變會慢慢地讓人變得不完美。長大後，試著坦然去面對自己的不完美，接受自己的不完美，然後有一天妳也開始能夠包容並體諒別人的不完美了。這樣的人生，便算是達到一種徹底不完美之後的另一種完美狀態，換句話說，有點見山不是山、見水不是水，大破大立、廢墟重建，後阿扁時代的新台灣人價值重整味道。

話說二十年前的台灣，景氣真的好到嚇死人，叫大學生好好地待在圖書館和課堂，不去外面花花世界打工真的很難。誘惑實在太多，鈔票真的太少。當時爸爸欠了一屁股賭債跑路之後，期末考有人在教室門口堵我，所以我沒去考試被退學了。

現在電視有一齣談話性節目叫「大學生了沒」，我當初如果也演一齣「大學生跑路了沒」，收視率必定嚇嚇叫。

愛賭博的人沒朋友，債主在找你，朋友則會躲你。不得已，我到農安街的一家台式酒店上班當少爺。二十年前的台灣，每個月都會隨時更新十大槍擊要犯名單，而這些槍擊要犯最喜歡去的地方就是這種台式酒店，黑龍也來過，黑牛也光顧過，他們給小費就跟中元普度燒冥紙一樣，一整疊一整疊直接丟在桌上。看過這樣的大場面，晚上拿過一萬塊的小費之後，我跟妳保證，沒有一個大學生會想乖乖在白天回去上課讀書。

當時台式酒店最流行的一種喝法就是紹興酒加話梅，把整罐的紹興酒倒在公杯之中，為了多拿一些小費，我跟圍事大哥想出了一個刀口舔血多拿小費的狠招，弄不好會出人命，搞得漂亮可以大賺一筆，收入跟酒店圍事二一添作五分帳。沒辦法，少爺跟圍事如果處不好，有甜頭不主動乖乖上繳，那你就是皮在癢討打。

「大哥，不好意思，我幫你們加點茶水，酒會退比較快。」我卑躬屈膝地拿著一壺上等的高山烏龍茶進到包廂。

「看，你是白目嗎？為甚麼把茶倒到紹興酒的公杯？活得不耐煩嗎？」全身上下刺龍刺鳳的大哥怒拍桌子喝道，他的皮膚已經沒有一處空白，全部刺青刺到滿，絲毫沒有一點安藤忠雄的美學概念，不一定要把東西全部填滿的留白sense。

「不好意思，我……我以為那是茶杯，因為紹興跟茶的顏色很像，我……不然我把這個已經混到茶水的紹興酒公杯，我……把它全部喝掉好了，向各位大哥賠罪，然後我再拿一瓶紹興給你們！」

我二話不說把公杯拿起來直接往喉嚨灌，不是用喝的，是用灌的喔！

「水喔，不錯，有氣魄，這些拿去當小費，拿去看醫生買藥，拿去治花柳病，反正拿去就隨便你去衝三小都行！」

一疊千元大鈔丟在桌上，江湖大哥只要對了他們的味，行情就給它熊熊拿出來，讓你知道義氣是三小。

一個曾經考上過大學的少爺，很快就會被有幫派背景的酒店圍事看上眼，如果你不想混幫派的話，少爺的另一個出路就是自己出來當大班，手下跟著一批小姐，讓你大賺黑心的皮肉錢。

很多酒店小姐的背後都有一段辛酸往事，她們可能是台灣東北角海濱某個礦坑工人的孩子，為了工作拼生計而來到五光十色的台北討生活。一開始當酒店會計很單純，算錢計帳不用應付客人，但是只要妳的姿色不錯，這個大染缸的厲害本色就是能夠把無辜少女推進火坑來逼良為娼。笑貧不笑娼的社會，真的很可怕！

「小如，妳當會計一個月才二萬五，妳長得那麼漂亮又像梁靜茹，不如……下海來陪陪那些火山孝子的二百五，唉，拼命守著妳那塊水草豐盛的田地只會讓它任其荒蕪，想開點，對妳的生活也是不無小補！」

單純的女孩一旦下海，一切都將於事無補。

這樣醉生夢死的生活過得很快，下午五點上班，早上五點下班，下班就去賭博電玩機台換一大堆代幣把錢輸光，然後回家睡覺。有一天，以前的大學同學小李打電話給我。

「靠腰，七早八早剛剛才準備要睡，不然你是在吵三小？」

「晚上我生日要不要過來?有一票清純女大學生會來喔！」

「上次聖誕節你騙我說有一群小護士會去唱歌，結果我到那邊之後只看到兩個老護士，最後還要我買單，這次你再唬爛的話……」

「我用人格保證，來不來隨便你。」

沒辦法，小李是以前大學同學之中，唯一肯跟我連絡的，他還算夠意思，偶爾會打電話給我，鼓勵我再回大學去讀書。不過他跟我在一起的最大好處，就是出門唱歌喝酒都是我出錢罩他，其貌不揚的小李，身邊會有一些大學女生跟著吃喝玩樂，這些女生多數屬於醜胖型，不過我還是很樂意跟這些恐龍妹瞎混，畢竟彌補了一些我被退學的心理創傷與自卑。

小李跟我約在林森北路的錢櫃，我事先再三跟他嚴正警告，如果我到了KTV包廂之後，沒有讓我好好地唱十首歌，沒有讓我聽到大家如雷的掌聲，我絕對不會買單，服務生進來清桌面我也不會給小費。小李最愛面子了，跟我這個好野人出去更有面子，因為我的褲子後面口袋隨時都會放一大疊花花綠綠的鈔票，明明只是買一條口香糖，我也會抽出那疊鈔票，從第一張的千元大鈔，用手指沾點口水慢慢地數到最後第三十張的百元鈔，這些都是我在酒店的血汗皮肉錢小費，過了大概二十秒，才緩緩地抽出最後一張百元鈔給對方。這個動作是跟第一代彰化台客學來的，這位第一代台客就是妳的爺爺。

「好同學，你來了喔，我跟你介紹，這五個女同學是台大歷史系最有名的系花美女，外號叫台大五姬姬喔！這位叫做潔西卡，她就住天母，耶，跟你家住很近，不是嗎？」

「妳好，很高興認識妳。」

今天小李帶來的這幾位同學算是素質還不錯，尤其是這位潔西卡，看起來乾乾淨淨的，跟我這兩年認識的酒店妹是完全不一樣的味道。

「潔西卡，妳知道嗎？我同學可是個才子喔！他最近休學想要到外國留學，因為他看不慣台灣僵化的大學教育體制，他很喜歡看新浪潮電影，楚浮的《四百擊》和高達的《斷了氣》之類的，他最近想要去法國自助旅行，很酷的喔！」

小李臉不紅氣不喘地說道，害得很久沒有臉紅的我都不好意思起來。這時候服務生進來送茶水和歐西莫利，我二話不說很帥氣地拿出兩百塊小費。台大的女生果然是氣質溫柔婉約，很客氣地請我唱今天的第一首歌，一番寒喧推拖客套之後，我有點靦腆地拿起麥克風唱起黃大煒的「讓每個人都心碎」。

「城市一片漆黑，誰都不能看見誰……，我讓自己喝醉，沒有妳我就不能入睡……」

爸爸的聲音真的不錯，絕對是在街上用深厚丹田男高音叫賣燒餅的武大郎投胎轉世，潔西卡深情地看著我，我則專注地看著電視的字幕，小李很配合地幫我調升降key，現場氣氛深情而且寂靜。在間奏後進副歌的時候，我把杯中的陳紹加話梅一飲而盡，用灌的，不是用喝的！我想到了當年考上大學的時候，爺爺興奮地放著鞭炮擺了二十桌酒席的盛大場面，我跟彰化老縣長黃石城握手合影的那一段畫面；我記起了第一天進大學的時候，看到了漂亮的蘭萱學姐帶我們進到文友樓，神采飛揚地告訴我們美好的未來就在前頭，她那熱情的笑容、堅定的口氣，希望我們這四年要好好努力；我回憶起新聞學的于衡老師，上課遲到怕被他趕出去，只好匍匐前進、趴在地上溜到教室最後一排的窘樣。

「愛情怎麼讓每個人都心碎，怎麼去面對……，從此我再也說不出我愛誰……」

爸爸用盡這輩子所有的感情唱完後，眼眶有點濕濡，屁股也有點脫肛的現象，今晚是我被退學後最快樂的一天。

「你就順路送潔西卡回家好嗎？」小李眨了個眼睛對我意有所指地說道。

我配不上潔西卡的，我心裡頭的ＯＳ說道。但是她似乎也沒有拒絕的意思，應該是我全身上下的浪子味道讓她為之傾倒，還是我剛剛那首「讓每個人都心碎」把她完全迷倒？

順著中山北路二段到七段，我騎著新買的ＤＴ越野摩托車，迎著夏日夜晚的徐徐輕風，鼻尖飄來潔西卡飛柔洗髮精的陣陣髮香。我騎的速度很慢，悶熱的空氣好像凝結靜止了一樣，真希望我的人生就完全停止在這一刻，不要前進，也無須倒帶。她略帶嬌羞地把手扶在車後，不敢用雙手直接環抱在我的腰上，她跟我之前認識的女孩有點不太一樣。

「我不是想吃妳豆腐，只是妳的雙手輕輕地扶著我的腰，不要放後面，這樣騎車會比較安全。」我終於開口對潔西卡說了第一句話。

「那你不要故意緊急剎車喔，不然我會想喝台大對面的青蛙撞奶！」

「我緊急剎車跟奶茶有甚麼關係？」

「你長得超像一隻大青蛙，你一剎車讓我往前撞到你，那不是青蛙撞奶嗎？」

超有梗的，原來看似文靜的潔西卡也是個咖喔！

轉進了中山北路七段的山路上坡處，天氣變得有點涼。

「會冷嗎？」我問。

「有一點。」潔西卡回答。

「那就抱緊我。」我很堅定誠懇地說。

「變態，我才不會冷！」潔西卡被我逗到忍不住笑出來。

「那妳知道為甚麼現在妳又不會冷了嗎？」我很認真地問她。

「為甚麼？」

「因為我的熱情將冷冽的空氣完全融化。」

「你以為現在演瓊瑤喔？」

「妳是不是有點喜歡我啊？」

「臭美，你要不要去路邊撒泡尿照照自己？」

「我很認真地告訴妳，妳可以喜歡我，但最好不要愛上我！」

一路談笑，我們不知不覺騎到了文化大學陽明山上看夜景的最佳地點。今晚即將改變爸爸的一生，親愛的小虹，潔西卡後來成為妳的媽媽。

「我也很想去法國耶！」潔西卡說。

「我帶妳去好不好？」我說。

「不過你要答應我一個條件，現在離七月大學聯考還有三個月，你明天跟我到龍門補習班報名，如果你考上輔大法文系的話，四年後我就跟你去法國。」潔西卡說這段話的表情不像是開玩笑。

第二天我辭掉了酒店工作，每天早睡早起到補習班報到，三個月的苦讀之後，八月放榜，原本可以上國立的政大，因為分數很夠，我只填輔大法文，就這樣，我重新回到了學校。

小虹，人生就是這樣不斷地歸零、再出發。失敗跌倒不要害怕，只要能站起來，沒甚麼好怕。

另外補充一下下，如果有人認為我這本書都是在唬爛的話，那麼我用人格和性命保證，老婆倒追我的這一段絕對不是畫唬爛。

6. 大學生該做甚麼？

我跟朋友聊天的時候，常常都會談起我大學八年的歲月。不要誤會，我不是讀醫學院，我只是比別人多讀了一次而已。第一次是在混日子，體驗從小學開始被禁錮十二年之後的全然自由，一種為了自由而自由的膚淺自由；第二次讀大學則是在曾經滄海難為水的戰戰兢兢心情下，珍惜每一分每一秒可以讓我接觸書本的日子。

我發覺，一般台灣大學生所做的事情，幾乎都是美國高中生所玩的遊戲：團康、社團、聯誼、舞會跑趴……渾噩不知終日，兩眼發直、睡眠不足，直到學分修完、總算低空略過，很不小心又莫名其妙地突然畢業了，踏出社會的第一步找工作後才開始忐忑惶恐。

爸爸終於大學畢業之後，曾經短暫擔任採訪新聞並幫別人立傳寫書的工作，有一次到美國採訪一位小留學生高中畢業後進入大學的生活點滴，她叫小丁，讀的是費城賓州大學（U Pen）。小丁告訴我說，她高中讀的是內布拉斯加州一所鳥不生蛋的學校，但她在學校是啦啦隊長等多項社團的風雲人物，成績普通，可是課外活動的表現讓她在申請大學時加了不少分，所以才能夠進入這所全美國頂尖的名校。她的青春期搞怪童年十分多采多姿，每天就是跟著美式足球隊長男朋友一起狂歡鬼混，不過在她當上高中畢業舞會的皇后，她的成年禮在跳完最後一支慢舞後便正式結束了。

小丁的美國大學生活基本上是這樣子的：早上六點起床喝完咖啡後去慢跑五千公尺，七點回到宿舍準備今天的課堂口頭報告，八點到學校上第一堂課，一直到十二點在學校草地上吃野餐當中飯，順便看看紐約時報和華爾街日報。一點鐘的時候躺在草坪上小睡一下順便做日光浴，一點半開始下午的另外三堂課。五點下課趕到健身房做重量訓練鍛鍊一下，六點鐘到餐廳吃完飯後馬上就進圖書館報到。十點鐘圖書館關門回宿舍上網查資料準備明天的報告……星期一到星期五活得真不像人樣，星期六瘋狂開舞會徹夜狂歡，星期天早上睡到日正中天、好好補眠有夠爽，星期天下午做個瑜珈伸展操，準備下星期重新再拼的收心操。

那麼台灣的大學生如何度過他們精采充實的一天呢？請允許我這樣形容：我的

黑夜比白天長，我的夜晚比白天精彩，我的白天都在睡覺，我的晚上都在上網！

晚上六點到士林夜市漫無目的四處逛逛，這是某些台灣大學生一天的開始。手上的行動電話從來沒有一刻停止過對話，吃飽喝足、人聲鼎沸、眾聲喧嘩，起鬨續攤直接飆車尬到大直美麗華。坐坐摩天輪、吃吃爆米花，回到宿舍打起麻將嘩嘩嘩，喝酒划拳玩起國王遊戲吐到淅瀝嘩啦，糊里糊塗不知跟誰一起睡著，隔天中午起床滿臉豆花。要是心血來潮還想上最後一堂課的話，帶著粉餅口紅準備到學校為自己的五官畫畫彩妝，化完妝也剛好下課，又是一天的開始，真的是明天會更好。

台灣的孩子們在青少年時期過度壓抑，導致在大學過度解放，總想要把自己失去的自由一下子全部討回來，結果卻在畢業之後陷入永難翻身的不自由。找不到工作，失去了經濟獨立的自由；賴在家中靠老爸老媽養活，失去了脫離父母振翅高飛遨遊的自由；就這樣好死不如賴活地準備過一輩子，盤算著年邁的爸媽何時早點快快死去，把都更後的老家變賣換現，好好享受揮霍遺產的敗家子自由。不自由、毋寧死，老頭子，趕快給我去死！

小虹，在妳高中以前，我會給妳全然的自由；上大學之後，妳要獨立去尋找人生中屬於妳個人的自由。不過我發誓，我絕對不會像妳爺爺一樣，讓妳去讀六年的私立中學並且住校。

從妳上小學的第一天，一直到高中畢業當天，我每天都會接送妳到學校，我會隨著妳所讀的各個學校來搬家，盡量讓妳能夠跟我一起走路到校，一步一腳印，陪妳走過這一段。

不過等妳上了大學，希望妳能夠學會生活自主管理與自我約束的紀律，日後好壞全憑妳自己了。妳並非生在豪門之家，畢業後不會有台灣百大企業的主管位子等著妳；我也沒有等待都更的精華地段老公寓留給妳，世界之大、繁華淋漓，紐約、巴黎、雪梨和柏林，妳將走遍地球留下每一步雪泥鴻爪。所謂真正的自由，就是無入而不自得、四海為家，世上沒有一處角落容不下妳。

今年爸爸公司來了幾個教育部補助輔導就業方案的年輕人，薪水二萬二千塊一個月，企業聘用這些畢業後卻已經失業一年的大學生，不用花一毛錢，因為國家為了要降低失業率，自行掏腰包花二萬二讓企業收留他們給個機會。令我訝異的是，其中有兩個台大外文系的畢業生，長得很漂亮，高中都是北一女畢業的高材生，我問她們怎麼會畢業一年了都沒工作，她們說外文系四年讀了一些莎士比亞和吳爾芙的經典文學，演過幾齣羅密歐與茱麗葉之類的英文話劇，考過最高級的英文檢定，每科考試都中上，平平順順地畢業後投了一堆履歷表，心想台大外文系的招牌應該會有雪片般的熱情回信才對，可是事實卻不是這樣！

她們當初如果讀研究所或許會不錯，讀完碩士唸博士，留在學校當助教做講師，等待副教授的缺，再等著卡教授的位置，可是這樣的美夢很快又破碎，天不從人願，沒想到幾年後，拼改制升格的結果使得台灣大學過剩招生不足，好不容易當上了教授，卻必須面對系上只招收到一名學生的窘境，系廢了，教授只好去流浪。

大學四年畢業後的她們為何找不到工作？因為她們沒有在這四年內好好地想盡辦法去培養畢業之後的「就業力」。英檢考過之後，或許她可以立定志向去當個補教名師，大二就開始去補習班打工，看看那些名師到底是用甚麼方法來吸引如此多的上課學生？喜歡莎士比亞的話劇，大三就可以到金枝演社及小劇場擔任演員跑跑龍套，了解一下真正的劇場表演是如何從頭到尾運作。或者是單純地愛說英文、會說英文的話，為何不多修點新聞與口語表達的課程，暑假拼了命擠破頭到電視台實習打工，看看英語新聞主播面對鏡頭的風範與氣度，說不定妳就是未來的華視英語主播。沒辦法唉，高中之前她們可能就是應付考試的高手，上了大學之後已經失去了任何應付考試之外的熱情與動力，光憑著老天爺賞給他們的天賦和聰明，活在從小到大都是第一名的親戚朋友讚美聲中，依樣畫葫蘆地，用過去應付大小考試的方式在大學準備混過四年，然後頂著台大畢業的光環繼續活在得意自滿以井窺天的小小世界中。

「一年後，一個月兩萬二的補助結束後，妳以後想做甚麼？」我問。

「留在這邊啊！」她說。

「很難，妳一個月兩萬二，那些資深員工一個月五萬五，他們會做的工作妳也全部都會做，但是妳留下來會害死他們，因為老闆會把所有人的薪水都降到兩萬二，所以資深員工會想盡辦法把妳晾在旁邊，最好把妳當冰箱，然後軟硬兼施把妳逼走。懂嗎？這就是社會，社會最容不下的就是來破壞行情的人，妳們注定會被犧牲，會被時代的洪流犧牲。」

說這些話的同時，我的心中也很難過，但這就是現實。如果妳只想要在某個職位去取代別人的話，很快地，妳也會被別人取代，所以一個大學生畢業投入職場之後，絕對要培養自己的「不可取代性」。

妳會講英文，那妳有沒有想過多修門捷克語的課，日後可以到捷克教人講中文？正門走不通，台灣英文名師一大堆，不去走走偏門試試看怎知道行不行！就像有法國人來台灣跟李天祿學布袋戲，有美國哈林區黑人來台灣學中國功夫，這些人就是懂得變通，知道「條條大路通羅馬」這個道理，不是嗎？

7. 網路成癮症之戒斷歷史回顧

對不起，親愛的小虹，爸爸又犯了老人家愛說教的毛病，開始吹牛自己浪子回頭金不換的偉大過去。言教不如身教，我還是說說自己低級不堪的過去，妳應該會比較愛聽。

最近網路成癮的現象已經成為教育專家最擔心的問題，連黑道招兵買馬都透過臉書facebook來裝可愛衝人氣。我說網路就像是潘朵拉的盒子一樣，只要一打開之後，各種妖魔鬼怪都會跑出來亂，防不勝防。但妳要是懂得利用網路的話，那真的是受益無窮，高中三年根本不用到補習班惡補，因為妳在家就可以邊看書邊上網查資料。

舉例來說，妳桌上的歷史課本剛好翻到了一九四九年國共內戰那一段，課本寫得很簡單，但是妳卻用心地搜索關鍵字進行深入探討研讀：四平街戰役、長春圍城、徐蚌會戰……並且把所有的詞條整理成有系統的筆記，這麼一來，考試不拿高分也難。但是百分之九十九的孩子都做不到！因為電腦同時開了好幾個視窗，即時通叮噹叮噹的呼叫聲，隨時傳來朋友的聲聲呼喚。爸爸也是這樣走過來的，但是差點得到血淋淋的教訓。

老婆懷孕之後，老公基本上是沒有人權的，小虹妳知道嗎？妳在妳老媽肚子的那九個月，爸爸悶壞了！於是我開始上網，在網路交友網站留下我的假名來當徵友資料，凱文就是我的網路代號，我每天從早到晚就是沉迷掛網跟女人聊天。

「你好，凱文嗎？我是凱莉。」

「嗨，我是一個很平凡的中年男子，為何妳會想跟我聊天呢？」

「好奇吧，尤其是你曾經歷練過那麼多事，有一種中年滄桑的成熟感覺，不會像年輕人那麼猴急，聊天的第一句就馬上問援不援的問題。」

「妳不問我結婚了沒？」

「你也沒問我有沒有男朋友，不是嗎？」

「平常喜歡做甚麼？」

「我住內湖，工作地點在東區安和路，我平常最喜歡走路上下班，走很快的那種喔！」

「太強了吧！要參加健走比賽嗎？」

「不是。我以前是個胖子，你們說的恐龍妹，第一次想要援交賺點生活費，就被客人打槍趕出旅館的門，我後來發誓一定要瘦到五十公斤才要復出江湖。」

「現在呢？妳的江湖在哪裡？」

「我一七一公分，現在四十九公斤，每天出門還是健走，一趟下來至少有十個男人尾隨搭訕，我根本不需要去援交。」

「不需要援交的話，為何還會到這個台北都會聊天室網站，妳明知這個網站是尋芳客的最愛。」

「所以你是尋芳客囉？」

「不是。妳可能不相信，我是一個人類社會學家，目前正進行網路行為研究田野調查？」

「你太好笑了吧，那我給你調查。」

「真的嗎？是很嚴肅的人類學訪談喔！」

「一言為定，而且知無不答。我先下線了，因為現在有客人進門要來買沙發床了，掰掰！」

凱莉就這樣消失在我的電腦螢光幕上，讓我覺得好失落、好悵然。時光彷彿回到了我十七歲的第一次戀愛，腦海中充滿了對於凱莉瘦身成功後的種種美好幻想。她幾歲？真的援交過嗎？她賣沙發之外，還有賣別的嗎？要是有一天我去找她買沙發，沙發打開變沙發床，剛好四下無人，她卻叫我坐下試試彈簧的硬度有沒有很剛好，並且還要脫掉鞋襪，牽著她的手一起在上面跳啊跳，那該如何是好？是在哪間家具行呢？是那間很台味的「莉莉家具、應有盡有」嗎？我難道就這樣對不起妳跟懷孕的媽媽嗎？我還是人嗎？不，不能想到那方面去，有那樣齷齪的想法就是禽獸，甚至是禽獸不如。第二天晚上夜深人靜時分，我又再度上線，非常明顯的網路成癮初期症狀。

「嗨，我是凱莉，凱文你還沒睡嗎？」

「正在喝點小酒，想著我悲慘人生的微不足道小事？」

「為甚麼一個人喝悶酒呢？」

「為了遺忘！」

「遺忘甚麼？」

「忘了我的恥辱。」

「甚麼恥辱。」

「偷偷跟妳上網聊天的恥辱！」

「哈哈，凱文你好有趣喔！」

「對了，凱莉，妳昨天答應要讓我進行人類學田野調查的，不是嗎？」

「對啊，你盡量問。」

「我採用的是法國人類學者李維屎一陀的研究方法叫做『深描』（Thick description），問的內容會很詳細，但這是為了要結合受訪者的深層潛意識與童年創傷陰影的雙重心理治療法，所以務必請妳要老實回答。」

「李維屎一陀是不是Levi's牛仔褲的發明人呢？」

「是他的美國表弟啦，不要吵，我要開始問了喔！」

「有屁快放吧！」

「第一個問題，請問妳個人有沒有使用情趣用品的習慣？」

「沒有，你好變態耶！」

「很好。第二個問題，那有使用按摩棒的習慣嗎？」

「沒有啦，就沒有用過情趣用品，怎麼會用按摩棒？」

「我說的是按摩肩膀的那種按摩棒啦！妳不要此地無銀三百兩，自己想歪露餡好不好？第三個問題，那有用過跳蛋嗎？」

「超瞎的耶，就都沒用過，還用甚麼跳蛋？」

「妳很心虛，我說的是那種會跳的扭蛋玩具啦！」

「你這算哪門子的田野調查啊？」

「不要吵，我已經得到結論了。妳來自鄉下農家，家中有一片開心農場，妳最喜歡下田種菜，所種的菜都很奇怪，都是瓜類的居多，比如說小黃瓜、瓠瓜、絲瓜和胡瓜，對不對？」

「真的耶，你怎麼知道？你好厲害。」

「所以妳抗拒任何資本主義加工出來的人造產物，妳崇尚自然，熱愛台灣製造

ＭＩＴ的農產品，這就是愛台灣啦！妳喜歡下田自己ＤＩＹ，所以妳的房間地上全部都豎滿著鄉下採收回來的各種尺寸小黃瓜。」

「哈哈哈，凱文，你怎麼知道捏？下次我親自弄個涼拌絲瓜給你吃好嗎？有加醬汁的喔！好了，不要鬧了，跟你聊天很愉快，可是我明天要上班，掰掰。」

我跟凱莉就這樣連續聊了六個夜晚，爸爸白天兩眼發直、眼眶發黑，上班打哈欠，尿尿總是對不準小便斗，媽媽叫我三次以上才會聽見。這是重度網路成癮的顯性病灶了，快沒救了！到了第七天，網路上又跟凱莉見面，我知道快要出代誌了。

「說真的，凱文，想約我出去嗎？」

「好啊，可是我不知道妳長怎樣耶？」

「明天中午一點我請半天假，我在內湖德安百貨前面的華歌爾內衣專櫃等你，我穿黑色窄裙跟黑色網襪，細肩帶的深紫色露背上衣，加上高跟鞋大概一七七公分，如果你覺得我是恐龍妹，不用下車叫我，一點五分要是我還等不到你，我會識趣地先走，我知道你把我打槍了。」

「一言為定，那妳不想先知道我長怎樣嗎？」

「你下車叫我，我就會看到你的盧山真面目了，要是你真的蓋離譜，我會給你一百塊錢，補貼你來這趟路程的加油錢。」

超有Fu的！想像得到嗎？已經快四十歲的男人，竟然還有機會再來一次黃昏之戀，心臟比較不好的人，早就凍未條要去醫院做CPR電擊急救了。隔天中午，我跟公司告了假，懷著興奮且忐忑不安的心情，準時將車子開到內湖德安百貨。

天啊，不會是她吧！眼前的凱莉絕對有機會進入凱渥的名模行列，年紀大概二十歲，甜美的聲音很嗲，超短的窄裙跟屁股很貼，帶著酒窩的臉龐笑起來有點邪！

「你是凱文對不對？你現在要把車開走還來得及！」凱莉彎著腰，性感地靠在我搖下的車窗旁，用著十分撩人的姿態對我說道。我突然覺得自己好像在美國洛杉磯，我變成了休葛蘭，凱莉就是路上的阻街女郎正在跟我談價錢。

「上車吧，想去哪？」

「天涯海角，去哪都行。」

爸爸是一個很感性的人，看著身邊坐著的凱莉，露出兩截漂亮修長的網襪美腿，很少男人能夠逃離這樣的天羅地網，全身而退的。可是我開始想到凱莉年紀輕輕的一生必定在背後藏有很多故事，以她的條件，不需要冒著危險與陌生網友進行這種盲目約會。就在這時，我的耳邊忽然響起輔大法文系神父跟我說過的一句話：「惡魔會偽裝成天使，以各種面貌出現，但最可怕的是，住在每個人靈魂深處的心魔。如果有位女子在你面前準備寬衣解帶，而你覺得這麼做並適不當，要是你能夠冷靜地幫她把釦子重新扣好，帶她穿好衣服離開，那就表示，你已經成功地達到除去心中魔障的階段。」

我將車子直接開到大直美麗華，途中經過了三家汽車旅館，但是我都沒有停車。凱莉跟著我，不知我的葫蘆裡面到底要賣甚麼藥，我們到了誠品書店之後，開始在書香世界中閒逛了起來。只不過凱莉有點怪，她大概十分鐘就會跑一趟廁所，告訴我說要去補妝，沒事就緊盯著手上的行動電話螢幕若有所思地發呆。剛好，趁著她上廁所的空檔，我選了幾本法文實用會話和羅浮宮的藝術介紹書籍，拿到櫃台叫店員買單打包，準備等一下給凱莉一個surprise！因為我記得她跟我說過，以後如果有錢想到法國流浪。

「凱莉，眼睛閉起來！這是送給妳的見面禮物，希望妳有一天達成夢想，到法國之後要記得寄張明信片給我。」

「你……你為甚麼對我這麼好？」凱莉突然哽咽起來。

「我不知道妳跟其他網友見面之後是怎樣？可是今天我做這些事情很快樂，送給妳喔，幫妳圓夢就是讓我得到喜悅的最大滿足。」

凱莉竟然哭了起來，滿臉淚水地對我說道：「從來就沒有人對我這麼好！我好難過，你讓我想起了十歲那年就負債跑路離家的爸爸，沒有人給過我父愛，而你卻對我這麼好，我不知道該如何回報……我……」

「靠北！我怎麼變成妳爸爸？好啦，不要這樣，等一下要去哪？」

「帶我到大直捷運站，我有事先走，對不起！」

就這樣，我目送著凱莉的身影消失在大直捷運站入口。爸爸錯了嗎？爸爸真的又錯了嗎？難道爸爸真的錯了嗎？送書錯了嗎？人不招忌是庸才，至中召妓是蠢材！我跟漂亮的凱莉在一起，有人嫉妒我嗎？我又不是召妓，老天爺為何不給我個機會呢？給我愛的一發呢？帶著落寞的心情，回到家繼續上線，卻看到凱莉淡淡地寫道：「凱文，你是好人，凡事要小心喔，保重。」

自此之後，凱莉就在網路上消失得無影無蹤。

三個月後，我在報紙社會頭條新聞看到凱莉的照片，新聞是這樣寫的：

辣妹援交黑道恐嚇集團，仙人跳詐騙科技新貴熟男

【本報訊】警方今天在北台灣知名的汽車旅館，破獲了一個以辣妹網路交友為餌，將許多渴望戀愛感覺的已婚熟男，騙到暈頭轉向的一個黑道恐嚇集團。辣妹們將熟男約出後，直接就到已經串通好的汽車旅館，辣妹事先透過電話連絡，告知早已守株待兔在汽車旅館門口的嫌犯同夥，被害人所開的車輛牌照號碼。等待肥羊一進到汽車旅館要入房時，嫌犯先與被買通的監理站人員查到相關車籍資料，再跟汽車旅館內部的工作人員連絡，在房內裝好針孔，將這對男女燕好敦倫的細節全部錄下，事後便將光碟寄到被害人的公司，直接進行勒索詐財。據估計已有十二名被害人隱忍付錢不敢報案，歹徒所得不法金額已經超過五千萬。

當時要不是佛心來了，救了我一命，爸爸現在就變成台灣最猛的男優光碟主角了！這就是網路的真相，虛擬世界的假象，一切看起來都很自然美好，不過每個人的骨子裡都各有盤算。

親愛的小虹，我的好女兒，最後送妳一句話：如果不能看透網路的虛幻假象，妳就無法實際體驗人生的美好真相。每個人這輩子都會被某些死的東西控制住，比如說抽煙、喝酒這種輕度成癮物品，厲害一點的就是賭博、毒品這種會讓人散盡家財並且出人命的重度成癮物品。可是妳想想看，好好的一個活人，為何要被這些死的東西控制住呢？小賭怡情是沒錯，適度使用嗎啡可以當成醫療麻醉用途，但是妳知道節制嗎？網路成癮的問題，就在人們不知道節制。爸爸親身經歷過，期盼妳引以為戒。

第五篇

愛不需要敲鑼打鼓

愛不是做給別人看的，難道妳聽過有人沒事「做愛」給別人看嗎？愛自己的小孩，更不是做樣子讓別人讚美的，所以爸爸跟妳出門玩耍的時候，幾乎都是安安靜靜地看著妳微笑，盡量不打擾妳，也不過度讚美妳，更不喜歡大小聲鬼吼鬼叫。以愛之名，很可怕；以父之名，聽起來就超有壓迫感的，不是嗎？記住喔，小虹，這本書是給妳以後幫我守靈打發時間看的，就當做是《父後七日》的奶爸卡卡搞笑版吧！

1. 如何看待身體與裸露的藝術：關於奶的故事

小虹，爸爸的工作並不是一個很賺錢的行業，不管是平面出版媒體、廣播業和電視台，媒體這一行已經是注定要沒落的夕陽產業。在網路資訊泛濫的時代，每個人都可以架個部落格當網路新聞版主，在youtube當公民新聞記者，只要妳敢秀、夠搞怪，就可以一夕爆紅，變成一個普普藝術大師安迪沃荷所說的：十五分鐘的名人。不過在爸爸採訪許多名人的生涯中，倒是曾經遇過一些還蠻有趣的大人物，與他們互動的過程中，的確學習到不少寶貴的人生經驗，這不失為是工作之餘的加值效益與額外收穫。

台灣有個來自新竹內灣大山背的客家籍漫畫大師劉興欽，一個快八十歲的快樂老頑童，他的赤子之心和他所創造的大嬸婆漫畫人物同樣都令人尊敬佩服，尤其是他對於女性身體的正面健康態度。

話說爸爸在台灣被定義成暴露狂，因為我喜歡展現胸肌露奶、很討厭穿上衣，最主要的原因是爸爸很會流汗，第二個原因是爸爸超喜歡曬太陽。如果外頭陽光普照，我卻必須待在冷氣房上班，老爸的心情就會很不爽，老爸一不爽，就會想辦法蹺班出去曬太陽，一曬太陽就會想脫上衣，一脫上衣就會讓其他對我竊竊私語、交頭接耳的路人不爽，看到路人心生嫉妒與自卑而不爽，老爸的心情就會更爽。後來我有一位心理醫生朋友是這麼診斷我的，他說：「很明顯的，你已經罹患了日曬強迫症，這種病在北歐的寒冷國家比較常見，在台灣這種亞熱帶地方是很少看到你這種怪胎的。」

還記得漫畫大師劉興欽每次接受訪問，有一個小小的習慣，他一定會談到自己在大山背鄉下的「吸奶達人」經驗，說到他吸遍全村婦女的乳房的感人故事，一個捨己為人的大愛精神，即使吸到已經喝不下奶了想吐，雖然已經上了國中快變成大人了，他還是堅持著客家傳統日行一善的美德，他說：「世間善事無大小，每日一樁不可少，人生福報自己造，知足常樂心情好。」

這到底是怎麼回事呢？原來過去在大山背的農村地區是一個著名的茶鄉，村中的婦女都是刻苦勤勞的採茶妹，每天一大早就要出門到茶山工作，把一心二葉三片四瓣的東方美人茶葉採完放在簍子裡，每次到茶山工作一趟下來都要大半天的時間。客家人認為多子多孫多福氣，所以客家婦女幾乎在四十歲之前的生育年齡都是生完就懷孕、懷孕完又繼續努力生產報國，女人的生命就是在工作養家與傳宗接代之間輪迴度過，很辛苦的。但是剛生完小孩的婦女又沒那個命，可以待在坐月子中心休息吹兩個月冷氣，家境好一點點的女人，吃完幾隻麻油雞與幾碗中將四物湯之後，沒幾天便又要出外採茶了。可是茶山上的酷陽烈日與淒風苦雨，很不適合把襁褓中的小嬰兒帶出來餐風露宿，只好在家餵完奶之後再趕快到茶山賣力地工作。但是女人漲奶的時候說來就來，所以那些邊採茶邊漲奶的偉大客家婦女們便想到了一個辦法，請旁邊一些正在玩耍的小孩子幫個忙，行行好積點德，幫她們吸奶，解除她們漲奶如硬塊的人間至苦。

光復初期的台灣鄉下，小孩子出門幾乎是不帶海綿寶寶水壺的，所以採茶妹的提議也算是解決了這些小孩子口渴的問題。想想看那個感人的畫面，婦女們為了生活而勤奮地工作，小孩子渴了就喝喝她們天然的母奶，好讓她們不再受到漲奶之苦。這不是天堂中聖母與天使之間才有的美好景象嗎？女人的奶水，女人的胸部，滋潤著大地與生命，這當中只有神聖，沒有絲毫的猥褻與不敬，人類的身體本來就是純潔的，不是嗎？有問題的是那些外在的有色眼光，是那些有邪念的人用其他的歪斜角度來看待人類裸露的身體。

不過吸奶並不是大家所想的這麼簡單，所以我很佩服妳小虹，我的乖女兒，妳竟然可以吸媽媽的奶到兩歲，妳雖然奪走原本屬於我的奶，甚至我試著跟妳好好溝通協商過一人一顆、一邊一國，用分享的概念來平分媽媽的奶，不過妳很固執與堅持，絕對不讓我碰媽媽的奶。兩歲之後等到妳終於斷奶了，原本喜出望外的我，竟然得到更大的失望，原來媽媽停止餵妳喝奶後，三十四C的胸圍怎麼可能一下子縮水變成三十二B呢？之前看著媽媽的上圍一天一天不斷地長大，心中本來還在偷笑暗爽，結果卻發現女人一停止餵奶之後，馬上會被「打回原型」，如同洩了氣的皮球一樣。好了，暫且不談妳媽媽的問題了，我在寫這本書的時候，妳媽媽對於我的不實誇大內容十分震怒，我已經接到妳媽媽丟給我三次的離婚協議書了，所以再說下去，以後妳或許只能周末來養老院看我了。

當初劉興欽跟一群小朋友開始躍躍欲試地想喝喝看免費母乳，畢竟人肉鹹鹹、人奶甜甜，不喝白不喝！可是第一位小朋友試了半天卻吸不出半滴奶，同樣地，第二位小朋友吸到滿頭大汗也是吸不到，第三位小朋友換了另一組奶也是吸不到，奇怪了，早上小嬰兒都吸得飽飽的啊！原來吸奶還有個高門檻的特殊技巧學問，劉老師事後跟我解釋道，意思大概是這樣子的：「我之所以能夠變成一個創意十足的漫畫家，在於我對微小枝節鉅細靡遺的生活觀察力。我曾研究過小嬰兒吸奶的時候，充份利用到大氣壓力的真空原理，圓嘟的嘴型必須與奶頭完全密合，不能讓空氣跑進去，兩隻手要不停地對乳房進行擠壓的動作，節奏分明而且不疾不徐，不能浪費任何一滴奶水外漏，將上天的恩賜暴殄天物就是對母親最不敬的惡行。」

劉老師掌握了吸奶的技巧之後，接著也壟斷了所有大山背採茶妹的獨家吸奶專利，一直到國中，他仍然是這方面的第一把交椅，這就是台灣第一代「吸奶達人」的傳奇。

鏡頭回到爸爸以前在法國讀書的時候，夏天最喜歡到南部普羅旺斯的海邊曬太陽，把肌膚曬成像十八銅人般油油發亮，然後站在路邊一動也不動，擺出黃飛鴻的招牌武打招式，變成街頭藝人般地搞起行動藝術，旁邊放個碗公，兩個小時下來竟然也有幾十塊法郎的進帳。在法國的海邊，女人跟男人同樣享有裸露上身的權利，露奶是法國的基本人權，連聖女貞德率領法軍與英軍打仗的愛國英雄油畫中，左手持國旗、右手拿寶劍的聖女貞德也是毫不遮掩、正大光明的露出她那小而堅挺的乳房。

法國女人在海邊如果穿著泳衣胸罩曬太陽，反而會在背後曬出兩條白線，回家後會被朋友笑她曬得不夠均勻、不夠徹底，所以百分之七十的法國女人在海邊都是直接露兩點曬奶，絲毫不認為曬奶有甚麼好難為情的。法國男人也是見怪不怪，男人不會把目光投射在那些女人各式各樣的乳房上頭，對乳房行注目禮是一種極端不禮貌的粗鄙行為。所以每當外國女子來到台灣海邊旅遊也想曬曬奶的時候，才剛從沙灘翻過身一睜開眼睛，卻赫然發現眼前竟然有好幾輛電視台的ＳＮＧ車鏡頭對著她們的時候，心中的疑惑憤怒與莫名其妙是可想而知的。

在法國的第二年，爸爸有一位好朋友從台灣來找我玩，他帶著老婆和五歲的小孩，也想到普羅旺斯的沙灘感受一下地中海的浪漫風情。於是我們興沖沖地直奔最有名的聖陀貝海邊，鋪好花布餐巾與野餐盒，準備躺在沙灘逐著浪花與陽光，度過一個美好的法式下午時光。但不料事與願違，這家人的表現讓我丟盡這輩子最大的一次臉，從此以後我立定志向，只要我在法國讀書的一天，絕對不再接待台灣來的親友旅行團。請看VCR還原事發現場：

我的朋友：「哇，這些法國女人真大膽，乳暈黑得像過期的核桃也敢拿出來曬。」話說完後，馬上拿起專業級的大炮長鏡頭卡擦卡擦地連拍十秒。

朋友的老婆：「熱得要命，趕快回家啦！死老公你不要一直拍好不好，我就知道還一直處在嬰兒期的你，心理上根本還沒有完全斷奶，死變態！」說完後，拿起一把五百萬的超大陽傘把自己完全遮住，全部的海邊只有她一個人打著大陽傘，有一位莫名其妙的法國人走過去看到這幅突兀的景像，還直問旁邊的朋友說，今天應該不會下雨吧！

朋友的小孩：「羞羞臉，羞羞臉，大奶奶，沒穿衣服好好笑。」邊說邊走到每一個露奶的法國女人面前，哈哈大笑。

小虹，場景回到我跟妳在台灣公園遊玩的畫面。我跟妳說過許多次，小時候我們在公園度過非常美好的一段時光，而且一待就是幾個小時，我絕不催妳。不過有一件事情讓我在公園總是有點小小的不爽，我必須跟妳坦承說明。

每次當我很高興地把所有的玩沙工具放在妳身旁，看著妳在公園沙坑挖洞築城堡的空檔時間，偷空脫掉上衣曬太陽做伸展操的時候，卻聽到一群又一群迎面而來進行戶外教學的幼稚園小孩指著爸爸大叫：「羞羞臉，不要臉，沒穿衣服好好笑！」

好尷尬，也只能隱忍著怒氣不能開口罵這群無知的小孩。而且帶隊的幼稚園老師根本不制止這些小孩的無禮言行，臉上的不屑表情也把我當成一個有暴露狂的怪叔叔來看待，就這樣讓小孩們肆無忌憚地把一個沒有半點侵犯性的陌生人當成怪胎來訕笑。也不能怪這些小孩們，他們的父母就是用這種充滿羞恥丟臉的態度來教育小孩的呀！小孩們洗完澡總喜歡脫光光亂跑，這些父母便會很嚴肅地說道：「沒穿衣服羞羞臉喔！」這些不懂事的小孩便會因此養成對於身體產生一種極端羞恥及嫌惡的心態，不是嗎？對於身體的裸露產生了極端變態潔癖與害怕，長大後就會對性這檔事萌生某種病態的遐思與聯想，這樣的小孩長大後反而對於別人的身體更加渴望！

對於他人的不同要抱持著包容的態度，他人的身體裸露或者是奇裝異服如果沒有妨礙到別人的自由，妳要學會視而不見保持尊重。有一次我們全家到馬來西亞旅遊，馬來西亞是一個伊斯蘭教義十分嚴謹的國家，有許多全身上下包著黑色頭巾、只露出兩隻眼睛的婦女走在路上，她們會在這麼熱的天氣穿這身厚重的衣服，也是她們的自由，不是嗎？結果有一位與我們同行的台灣團小朋友，竟然跑到一位黑罩袍的伊斯蘭教婦女前面大聲叫著：「Batman，妳是蝙蝠俠，好好笑！」太讓我丟臉了，不不不，是讓所有台灣人都很丟臉才對！

小虹，青春期的妳，不用害怕自己日漸隆起茁壯的胸部發育狀態，更不能彎腰駝背掩飾上天正準備讓妳變成女人的小小身體化學變化。如果坐在妳後面的男同學很不禮貌地笑罵妳這個死波霸，惡劣地拉彈著妳的第一件胸罩細肩帶當成彈弓射小紙條，請不要猶豫，回過頭馬上賞他一個大巴掌，然後正經地板起臉孔告訴他：「人肉鹹鹹，你是皮在癢，不知道我爸是誰嗎？」

其實台灣有在進步啦！最近剛剛公佈了一條非常具有先進文明國家水準的法律，條文指出台灣婦女將可以光明正大地在公共場所把釦子解開餵奶，任何人都不能進行干預或者驅趕，更遑論還用以違反善良社會風俗的罪名將餵奶的婦女移送法辦。這項法律的頒布讓爸爸忍不住大聲喊出平常我最不喜歡說的一句話：「這就是愛台灣啦，台灣是咱的母親，母親的奶可以讓大家公然親親啦！」

從此以後，我馬上為媽媽用電腦繪圖設計了一款潮T，每天準備都讓媽媽穿在身上，T恤前面寫著五個大字：「餵奶皇帝大！」後面寫著六個大字「奶小不怕人看！」並開始幻想著未來能夠在公園的草地上，很悠閒地跟妳一起依偎在媽媽的身旁，玩累了、口渴了，不假思索且毫不猶豫，與妳同步將媽媽的上衣粗暴地扒開一起喝奶，一人一顆、一邊一國喔！

結論是，有一次我真的這麼做，很粗暴地，就像我跟媽媽的初夜一樣，把我的圓嘟小嘴湊到媽媽紅暈的乳頭上準備吸一下，但換來的卻是妳媽媽火辣辣的一巴掌！

爸爸錯了嗎？難道喝奶有錯嗎？難道爸爸只是口渴想喝奶真的錯了嗎？

2. 如何面對生命與死亡的態度：關於爸爸對妳的小小願望

小虹，妳從來沒看過爺爺，爺爺也沒機會抱過妳，這是很遺憾的事。有時候，我在路邊看著別人家的爺孫倆正在享受天倫之樂的剎那，免不了會想起妳的爺爺，畢竟六十歲就結束生命的他，走得有點太快。妳知道爺爺死前七天為我做過甚麼事嗎？沒有那七天，我不會與妳媽媽結婚、成家立業，然後生下姐姐和妳。

九二一大地震那年的十一月，是我跟媽媽從法國回台灣之後努力工作的第一年，我跟媽媽分別找到了一個穩定的工作，開始談論婚嫁、築起未來美好家園的夢想，同時很積極地在內湖找到一間二十坪的小房子，屋主開價四百萬。當天我便打電話回家給妳的爺爺。

「爸，我想結婚！」

「好事啊，你年紀也差不多了。」

「我想在台北買房子自己住，已經看到一間還不錯的房子。」

「彰化工作不好找，你們夫妻以後留在台北也對，頭期款多少？」

「六十萬！」

「明天我送去給你，代書和賣方也叫來一起把過戶資料簽一簽。」

「可是，爸……你不用先看一下房子嗎？」

「是你們要住的，你們喜歡就好。」

隔天下午，肥大的心臟血管已經裝著心纖維顫動機器的爺爺，一個人單槍匹馬開車上來把錢交給我，淡淡地對我說了一句話：「本來我希望你回彰化，但是現在你長大了，有自己的想法和生活。而且我在彰化也沒事業了，這些頭期款拿去，以後我不能幫你了，要靠自己。昨天我運氣不錯，總算讓我簽到六合彩的特尾號碼，這是你的命喔，不然我連這六十萬都湊不出來。」

七天之後我接到一通電話：爺爺過世了！他一個人騎著摩托車到醫院急診室門口，告訴醫生說他快喘不過氣來了，而這已經是爺爺第六次心臟病發作。經過三分鐘的電擊急救，除了胸前一大塊的皮肉燒焦味道，爺爺並沒有受到太多折磨與痛苦就走了。

死亡就是這麼簡單的一回事。小虹，所以我很珍惜現在能夠跟妳在一起的每分每秒，我也不期待未來妳能夠變成我想要妳變成的某種人物，就像是我從來沒有達到爺爺對我的期盼和要求一樣。我總是讓爺爺失望，沒有乖乖地循著黃石城老縣長或卓伯源縣長的標準彰化人成功模式作業流程：大學一定要讀完法律系，畢業後回故鄉投入選舉，然後當個名望斐然的地方人士。

小虹妳會不知不覺地一天天長大，爸爸也會隨著年歲增長慢慢衰老、走向生命終點、油盡燈枯、縱慾過度而死亡。放心，我會事先簽好放棄急救同意書，如果妳覺得我已經不行了，就不要勉強救我，好嗎？可是妳也不要太over喔！如果爸爸只是小小感冒而已，而妳連帶我去診所付個一百塊健保費看病都不肯，把我放在家裡面等著辦後事的話，那麼妳又有點太過份了。看情況，好嗎？

說真的，小虹，爺爺走之前的十年，受盡了病魔的折騰，我在榮總醫院陪著爺爺進進出出，住了好長一段時間。在醫院很無聊，我悶的時候就會去產房隔著玻璃看看剛出生的小嬰孩，結果沒想到，十幾年後出生的妳，比起我看過的所有小嬰孩都還可愛。偶爾我會望著天空的白雲胡思亂想，世上真有輪迴的話，爺爺現在去哪呢？就跟我最愛的狗狗多多一樣，多多死後又去哪？小虹妳又是打哪來的呢？

愛要及時，我已經體會到這句名言的真諦，所以要是妳良心發現，長大後也悟出對我行孝要及時這番道理的話，以下是我幾項卑微的要求和低賤到不行的心願，煩請妳高抬貴手參考一下：

第一，每年父親節的時候，求求妳不要買領帶和公事包這種俗氣到不行的東西送我。有心的話，買一個真人比例版的高品質真實觸感矽膠充氣娃娃給我，林志玲或是安潔莉娜裘莉這幾種類型版本都可以，男扮女裝的白雲或是許傑輝就不必了。

第二，如果我老了之後，真的有必要請外籍看護，麻煩你先請人力仲介公司讓我看照片過濾人選一下，至少找一個年輕貌美一點的，長得太離譜的話，老爸或許會提早離開人世也說不定。

第三，妳跟同學朋友出去唱歌或者是去夜店跳舞，有漂亮的美眉，務必打電話通知妳爸爸火速趕去，我會巧妙安排一次不期而遇的父女相見歡場面，請妳們大家喝兩杯，然後跳兩支Nobody和Sorry Sorry的勁歌熱舞，保證讓妳露臉有面子，覺得有這樣的爸爸真是光榮到不行。

第四，老爸如果外遇被妳媽發現，準備帶妳到旅館來個捉姦在床、人贓俱獲的好戲，妳一定要非常有正義感的跳出來跟媽媽說「這樣做不行！」，因為破門而入會侵犯到爸爸的隱私權，驚嚇過度的我極有可能從此會陽萎不舉。

就這四個小小心願，妳能辦到嗎？人在做，天在看喔，百善孝為先。

3. 說話的藝術：多說好話、少說閒話的人生哲理

小虹，爸爸是一個以說話維生的小咖廣播電台主持人，所以深知甚麼叫做說廢話。以前我訪問過一個很有名的大陸作家叫做劉震雲，他說：「人們每天所說的話之中，有用的不超過十句！」

沒錯，爸爸除了對著麥克風說廢話之外，回家也對著你媽睜眼說瞎話，沒事拿起手機跟朋友聊別人的閒話，看到有人出糗盡會說些風涼話，從來不對哥兒們說出心底的真心話！我在跟妳媽媽談戀愛的時候就曾經犯了話多的毛病，因而曾經被妳媽媽在花前月下的浪漫氛圍中斥喝道：「Shut up and kiss me!」（中譯：閉嘴，趕快親我卡要緊！）

吻了媽媽的血盆大口之後，我才終於恍然大悟，戀愛中的男女應該把嘴巴的功用放在親吻對方的嘴巴上，而不是拚命說一些屁話。

在我的工作內容中，訪問來賓最重要的一個要領，就是開場白絕對要簡短，千

萬不要超過三十秒，很快地把第一個問題丟給對方，讓他暢所欲言，把他心理潛意識的語言脈絡一一表達現形，你便可以從他的回答中伺機找出第二個更直達他心坎的好問題。舉個訪問某位作家的例子來說：

「在你這本《夜遊之子》的文學創作中，我們看到了超越性別的cross over，如果大家看過白先勇的《孽子》，也看過馬森的《夜遊》，那就不能錯過這本《夜遊之子》，你對於這樣的評價有甚麼話要說？」

一個受訪者如果被我這樣一問，必定會覺得他要進一步地好好說明，他不是白先勇，也不是馬森，他這本作品的原創是獨一無二。但是他聽到我那簡短的開場白之後，又會有點暗爽在心底，畢竟這樣的提問在某種程度來說，已經觸及他的心底深處悸動，將他歸列為第一流的作家之林，這樣的說話方式就叫高層次類比提問法。而最差勁的提問則是下面這種觸及個人隱私的直搗黃龍、低層次降格方式。

「請問你這本書寫的是你個人的同性戀經驗嗎？說說看好嗎？你本身有考慮出櫃嗎？也有人說你是白先勇第二，你覺得呢？」

如果跟一個初見面的人是用這樣粗暴的方式進行第一類接觸，我不認為後續的對話會激盪出任何美麗的火花，倒是有可能產生針鋒相對的擦槍走火。也沒有任何人喜歡被歸類為「某某人第二」，懂嗎？小虹，所以常常有人說爸爸是新好男人，長得像李李仁，才氣洋溢有如朱學恆，帥氣挺拔如蔣友柏，簡直是優質熟男蔡詩萍第二，聽到這樣的讚美，其實我心中都不是很高興的，因為老爸比他們優太多了。

小虹，爸爸在妳兩歲之前，常常帶妳到信誼基金會的兒童俱樂部，只要一到這種人多的公共場所，爸爸有種特別的習慣，那就是盡量不要跟妳大聲說話，也不隨便對妳大叫：「不行，不要！」

我會配合妳的視線所及玩具目標區停下來，靜靜地看著妳準備如何發揮妳的創意和想像力來組合這些玩具，除非妳正試著將手上的玩具吞到肚子裡面去，否則我不會吩咐妳各種強制的指令；我會亦步亦趨跟著妳小小腳步所停下的每個地方，讓妳有充裕的時間去探索這個奇妙的世界，絕不會用著咄咄逼人的口氣把你半拐半騙的強行驅離現場，只因為我累了或是心生無聊；妳想停下來研究地上的螞蟻或是樹上的小鳥，我都會拿出最大的耐心與妳進行深度觀察。不論晨昏與妳度過安靜從容的兩人時光，便是妳的童年與我的中年最溫馨的片段。等待四周一片寂靜，身邊沒有過多的干擾與聲光刺激，我跟妳騎著腳踏車或是推著嬰兒車漫步在公園和街上的時候，我才會輕聲細語地發出清楚的各種單字聲，複習妳所看過的一切景物，教妳說話。

「小虹，鳥，飛飛飛，小鳥飛飛飛。」

「小虹，狗，汪汪，狗狗汪汪汪。」

「小虹，便便，狗狗在便便，oh shit!」

話不在多而在於精，妳對於我所說的每句話也會很注意聽，畢竟一歲的小孩會說出標準英文「oh shit」，實在很少見。與妳這樣的相處模式，果然在公共場所讓妳從小便一事流露出不凡的氣質與沉靜的從容大器。公園的溜滑梯常常看到一群媽媽大小聲追著那些準備做出一堆危險動作的小孩，這些好動的小孩並非講不聽，而是因為他們的媽媽講太多、禁止太多、限制太多，說話的尖銳音量與超大分貝已經讓孩子從小就學會充耳不聞，反而用更危險的動作來挑釁媽媽的忍耐極限尺度。我常常把公園的兒童遊戲區當成德國現象學大師胡塞爾的人類行為觀察場域，靜靜地坐在旁邊，想像著這些已經無法跟媽媽好好溝通的孩子們，到了青春叛逆期的時候，跟他們媽媽的關係會演變成何種模樣。

爸爸以前自恃會說話，空嘴薄舌、花言巧語地造了不少口業，不過最近一次的出外採訪經驗，則是讓我深切地反省知道，甚麼叫做說好話，造善業，話不用多，卻能夠字字句句打動人心，並且能夠在無形中幫助人、拉拔別人一把。

幾年前，雲門舞集在八里排練場發生了一場大火，將許多演出用的精美道具全部燒毀了，其中包括已經過世的雕塑大師楊英風為「白蛇傳」製作的籐編蛇窩，為了能夠找到有經驗的籐編師傅製作蛇窩，林懷民透過朋友介紹了一位住在彰化田尾的許添福老師傅，幫雲門舞集成功複製了這個高難度的蛇窩道具。許添福先生的工作室旁邊就是豬圈，生活過得很清苦，林懷民先生不愧是一個值得尊敬的好人，不久在許多媒體報導中，便出現了十分具有新聞效果的這段話：「在豬叫聲中看著蛇窩完成，雲門就是從這樣殘破的所在，走出去到全世界，重建蛇窩的豬圈就是蘊釀豐富台灣文化的地方。」

這段話具有高反差張力及故事戲劇性的超強類比性：豬圈與蛇窩，台灣與全世界！馬上就有許多記者蜂擁至許添福的豬舍工作室找題材做報導，包括爸爸在內。當時我到了許師傅家中的時候，憨厚純樸的他立即對我澄清說：「這是誤會，豬不是我養的，我是跟人租這塊豬圈旁的地，豬是鄰居的。」

爸爸心中頓時對林懷民先生的仁心風範肅然起敬，這才叫成人之美啊！第一，林懷民先生說得沒錯，在豬叫聲中完成蛇窩，他可沒說許師傅邊養豬邊做蛇窩；第二，三十幾年來，雲門舞集的「白蛇傳」已經演出四百多場，早已經揚威國際了，但是藉著許師傅的感人小故事，說不定可以讓大家關心一下這種身懷絕技老師傅的生活困境，進行後續深入追蹤報導，這也是美事一樁啊！當爸爸拿著麥克風和攝影機對準許師傅進行訪談的時候，一生窮困默默為家庭付出的許師傅，他的眼神充滿驕傲與喜樂，從一個勉力維持夕陽產業的甘苦邊緣人，只因為林懷民老師簡短的一段話，他得到這輩子最大的榮耀和關注。

小虹，妳到了國小三年級吧，我猜應該已經會每天用臉書和即時通跟朋友上網聊天了。我觀察過，現在年輕人每天說話的時間太多了，包括用手機和網路聊天也算是。請原諒我用這四個字來形容：言不及義。奉勸妳一句話，如果一群朋友在一起開始談論另一個不在場的某個朋友的時候，千萬不要加入這個話題，最好找藉口離開，因為在背後談論別人的是非，很可恥。萬一妳不幸加入其中的話題，又不小心發表一點小小的附和意見的話，非常抱歉，妳所說的那句無心的話，將可能會被某位有心人放大扭曲，最後妳便成了毀謗他人的始作俑者和元兇。

在法國甚麼人話最多，妳知道嗎？小虹，那就是沒有工作的遊民。妳隨便在巴黎街頭拉個遊民來訪問，他可以滔滔不絕地跟妳訴說他的人生故事，控訴社會的不公，他的懷才不遇、生不逢時，從鐘樓怪人談到悲慘世界，從文藝復興講到存在主義。

甚麼人話最少呢？志工！不論是台灣的宗教團體志工，或是世界各地非營利組織NGO，他們總是默默地付出，多行善、少說話。

所以小虹妳以後一定要小心滿口舌燦蓮花的嚼舌之徒，學會看透言語虛幻表象之下的人性真面目。現在的妳正在牙牙學語練習說話，慢慢地，妳不小心也學會了點言不由衷的假話，對我撒個小謊，對人說人話，見鬼說鬼話！不過妳千萬不要忘記，爸爸在這本書中跟妳所說的每句話，如果……還來得及的話！

4. 解碼的藝術：打破偶像崇拜、八卦新聞解析

小虹，陳水扁前總統在與呂秀蓮前副總統準備競選連任的時候，我跟奶奶整整吵架了一年不說話。話說阿扁跟秀蓮在台南遇到了兩顆子彈的三一九槍擊事件，我當晚打了通電話給彰化的奶奶告訴她說：「我不敢說是假的啦，但是感覺怪怪的喔，明天妳投票要考慮清楚啦！」

「夭壽喔，人家都在醫院流血開刀了，這種沒良心的話你竟然說得出來，飼你吃到這麼大，你怎麼會變得沒血沒目屎沒心肝呢？」奶奶生氣地說道。然後又一口氣連續對我破口飆罵了六十秒鐘，百年前彰化地區失傳已久的正港在地三字經粗話順口溜，四句聯和對句的平仄押韻、江湖調以及都馬調的歌仔吟唱，總共一〇八個字，一口氣唸完後就掛了我電話。

小虹，過了幾年，馬英九先生當了總統，台灣南部遇到莫拉克八八風災，我看到政府救災的危機反應速度有點慢，忍不住在跟媽媽一起看電視的時候說：「馬英

九總統這次真的處理得不太好，競選的時候不是說要苦民所苦，聞聲救苦嗎？」

「閉嘴，不准你批評我的馬英九，晚上你給我睡樓下，休想碰我一根汗毛，除非你好好反省一下自己說錯了甚麼話。」媽媽咬牙切齒地對我說，說完後繼續用著深情款款、如癡如醉的表情，看著他最愛的偶像馬英九的一舉手一投足、一顰一笑。媽媽的表情接近花癡狀態，嘴巴開開地不停傻笑，露出剛補完的兩顆金牙，以及門牙縫剛吃完卡住的韭菜盒殘渣，空洞迷朦的眼神陷入一種拉K吸大麻後的標準恍神狀態，那樣的神情我依稀記得在八年前看過一次，那就是媽媽每天迷上看韓劇「冬季戀歌」中裴勇俊的一模一樣中邪表情。

小虹，我的乖女兒，崇拜偶像真的很愚蠢，不過要是我粗暴地禁止妳去接觸任何偶像崇拜的機會，不讓妳去看電視和網路的娛樂新聞，家裡只訂青年日報和人間福報這兩份報紙的話，我不認為妳就可以出污泥而不染，搞不好會因此更變本加厲地成為死忠且盲目的偶像膜拜粉絲團成員，每天在機場和電視台追著各種偶像團體跑。

我個人非常認同水果日報和壹周刊的某些操作手法，刊登一些藝人挖鼻孔的失態畫面，酒醉後在街上大吼大叫的打架鏡頭，或是頂著政治明星道德光環的立法委員被人跟拍到賓館的劈腿現形記，我都認為這絕對是打破偶像崇拜最直接有力的方法。當然，做假的新聞十分不可取，做人要厚道，移花接木和道聽途說的栽贓不實報導，大家一定要唾棄。

小虹，妳上學之後，要記住一件事，表面斯文的娃娃臉男老師不是妳的偶像，穿著很像警察制服的社區保全也不代表權威，會打籃球又高又帥的男同學更不是讓妳大叫「英雄、英雄」的膜拜對象，國父孫中山先生或許小時候真的很天真無知，那又怎樣？為甚麼中華民國只有國父卻沒有國母？誰規定教官跟妳講話就要立正站好？誰給老闆權力讓妳每天必須穿窄裙和高跟鞋上班呢？在我讀六年私立中學的住校歲月，要是當時有水果日報，或許我們同班的十幾位男同學就不會慘遭某位男老師的魔掌和毒手了，不是嗎？所以等妳認識字之後，我每天會挪出時間來跟妳一起讀報紙和看電視新聞報導：全程陪妳看，並且回答妳的問題，進行深度探討。

既然未來社會每天都會在媒體出現那麼多血淋淋真實案例的報導，以精神病理學的後設立場來分析，這代表著現代人類文明發展的歷程中，某些處在社會邊緣的個體已經產生了某種程度的病態與異化，因此正常人為了要自保或是防患未然，必須要深刻了解到這些畸形變異現象是用甚麼面目偽裝出現在我們身旁，然後伺機來找尋容易下手的獵物以進行荼毒殘害。

Q：小虹，請問妳，為甚麼捷運站某位夜歸女子被強行擄上汽車，載到河濱公園性侵？

A：因為這名女子在夜晚街道行走時，忘記了最重要的自保要領，那就是一定要逆向走路，眼前可觀察到所有路人和車輛的動靜，才不會被人從後方擄走。

Q：請問妳，為甚麼高國華開車和女朋友喇舌會被狗仔拍到？

A：因為高先生的前擋風玻璃沒有貼上超黑又會發亮的隔熱反光紙，他缺乏危機意識，因此也忘了在上車後立刻戴上只露出眼睛的全罩式面具，就算被拍到，也可以硬拗說那不是他。

Q：為何陳致中的車子要借給別人用呢？隨便借車子給朋友會有甚麼下場？

A：朋友可能把車撞爛，事後也沒錢幫妳修理，更甚者是撞到人後逃逸，警察找出車主是妳之後，朋友卻硬賴是妳撞的，跟他無關。

Q：為甚麼國中男老師會跟妳在即時通聊一些有的沒有的？

A：目的可能還不明確，不過為了自保，請將即時通聊天記錄進行側錄存檔。

Q：為甚麼社區會出現一個穿袈裟的修道人每天叫妳去他家玩wii呢？

A：他的修道人外表可能是騙人的，爸爸再三提醒好多次了，小心假和尚，社會上現在有很多這種冒牌禿驢。當然，爸爸的禿頭是貨真價實的無可救藥。

Q：有一位前職棒盜壘王常常在電視賣治肝病藥物的廣告上說：「我很不會說話，但是我說話很實在」，妳的解讀是甚麼？

A：他雖然很不會說話，不過找球員下注簽賭卻是很厲害。

Q：賀一航涉嫌3P召妓吸毒的新聞帶給妳甚麼啟發？

A：存錢吃菜脯，花錢找查某。

Q：爸爸平常下班回家都是滿身臭汗，為甚麼今晚回家身上卻是洗得香香的？

A：有兩種可能，爸爸剛剛去了健身房運動洗澡，但也可能去過汽車旅館；為了要製造讓媽媽放心的錯誤假象，爸爸可能連續三天跟媽媽說是去健身房，等到媽媽失去戒心之後，第四天就會偷偷跑去汽車旅館，這叫三擊鼓而衰的掩耳盜鈴障眼法。

同樣的道理，我會陪著小虹妳每天花半個小時看電視新聞，但是會鎖定某幾條特定的新聞看不同新聞台的報導方法，讓妳從中去做比較，了解到媒體如何操弄閱聽人，以及巧妙地進行置入性行銷的不著痕跡手法。電視新聞人人都會看，可是內行看門道，外行看熱鬧，就是這個道理。

沒看電視就不會有常識，有了常識就要多去網路Google維基百科，去圖書館看看相關叢書的理論分析文字，因為鄉下人的未開民智，就是吸取了過多影像傳媒的膚淺新聞所致，並沒有將自己從聳動的勁爆新聞畫面抽離開來，平心靜氣地好好去思考找尋新聞背後的真正答案。

新聞有真有假，就跟妳以後遇到那些對妳展開追求的男人一樣，有的是真心愛妳，有些則是虛情假意。他們的言行就和新聞報導沒兩樣，從編碼到製碼一氣呵成，瞬間讓人迷惑，看不出其中的假！而爸爸從小訓練妳的這門獨特解碼功夫，將可以讓妳遊刃有餘地把人類行為虛假密碼一一破解，不會輕易上當。

上了國中，妳要自己走路到學校，坐公車到圖書館，搭捷運去國家音樂廳看表演；上了高中之後，妳會到紐西蘭採奇異果遊學打工，妳會到貢寮海洋音樂祭跟一票正妹在沙灘扭腰擺臀、狂野吶喊；到了大學，妳會突然休學跑到撒哈拉沙漠找尋貝都因人的遊牧蹤跡，也可能想要跟男朋友當起背包客到歐洲浪跡天涯。真要這樣的話，去吧，我的乖寶寶，別忘了寄幾張明信片給我。爸爸在妳小時候已經教會妳如何應付各種突發的狀況，妳也可以輕易嗅出潛藏在身邊的危險訊號。去吧，好女兒，長大後一定要出去闖一闖；要是妳的身心方面受了點小傷，沒事就想回家哭著找媽媽，妳只會挨我一頓臭罵。

人的一輩子，沒有人不會受傷，不過等妳看透了人間的虛假，傷口痊癒結痂之後，有一天妳會了解到真實與善良的可貴。看不透這點道理的人，通常會陷入其中而變得憤世嫉俗，過於單純的人，身上則會累積一次又一次的傷痕無法痊癒。沒有人是如同聖人般完美無瑕，就跟爸爸一樣，我的缺點多到不像話。小虹，千萬不要崇拜我，請妳遠離我，並且唾棄我吧！當妳離我夠遠的時候，妳將會重新認識我，並且了解我，最終體會到爸爸對妳的愛。

這是小虹爸爸的查拉圖斯特拉如是說，跟尼采和麥田捕手說的完全一樣：虛無，真他媽的虛無透頂！夠了，不要再談這些俗套到不行的愛與不愛問題。

5. 以愛之名：爸爸痛恨法西斯

小虹，這本書出版之後，關於內容的一些離經叛道和驚世駭俗的顛覆性言論，爸爸一定會受到很多社會各界正義人士的批判撻伐和道德審查，說我教壞小孩和敗壞社會善良風俗，我已經做好萬全的心理準備了，讓自己被綁在木樁上，硬著頭皮、迎向四面八方，承受著那些朝我丟過來的大小石頭。

「凌辱我吧，鞭打我吧，用低溫蠟燭滴我吧，尿尿也沒關係！」我會正氣凜然地對大家說。

基本上，這本書不是給別人看的，這本書是寫給妳看的，說得更確切一些，是以後寫給妳在替我守靈做頭七的無聊時間看的。我不是教養專家，沒有資格教大家如何教出聰明又優秀的小孩；我也不是常常可以坐頭等艙的名人或有錢人，失業的危機和微薄薪水的經濟窘境，讓我幾乎每天都喘不過氣來。

我曾經問過自己一百次，爸爸到底愛不愛媽媽呢？媽媽到底愛不愛爸爸呢？媽媽愛的是爸爸健壯的身體還是俊俏的外表呢？或者媽媽愛的是爸爸多愁善感的浪漫特質內涵呢？而我愛不愛妳呢？還是我愛的是自己？因為妳是我的優良基因複製品，所以我口口聲聲說愛妳，潛意識在於我愛的是我自己的複製品呢？

活到了四十歲的爸爸，卻一直找不到甚麼是愛的結論。所謂愛，如果能夠用某一種具體的言語或行動來形容表達的話，那只是屬於一種法官判決案情所用的自由心證式的愛，不夠面面俱到，有點輕蔑草率。以愛之名，其實很可怕，在父權社會中的壟斷與獨裁，法西斯主義式的服從權威與集體認同，以愛之名，卻帶給獨立的個體更大的傷害，甚至是虐待：單向度的自虐狂與雙向度的虐待狂。

於是，經過一番春秋戰國時代名家之白馬非馬論的哲學思辨和腦力激盪之後，爸爸終於有了一個小小結論，那就是不要輕易地談論愛與不愛的問題，包括對妳也一樣。

有一天妳跟男朋友騎著重型機車在家門口揚長而去，卻讓爸爸倚靠在門扉旁吃了一鼻子的機車黑煙廢氣，這時候，我便體會到愛的另一種定義：那就是看著自己深愛的孩子，離開自己的臂彎，並且投向另一個年輕陌生男子的胸膛，心中只有祝福，替妳高興，絕無難過與不捨。這或許就是愛吧，愛就是讓妳自由，愛絕不是佔有。

爸爸在國中二年級放暑假的時候，終於可以脫離住校的軍事化管理生活，短暫地回到家中住一個月，不過那個變態的私立中學為了要衝高升學率，休息一個星期之後，竟然還要我每天坐校車去學校參加資優生菁英標靶加強版的輔導課。不過因禍得福，在通勤歲月的三個星期當中，我也享受到了妳的奶奶為我準備熱騰騰便當上學的溫馨甜美親子時光。

學校中午鐘聲一響，我把便當盒一打開，感受到俗話所說的「媽媽的味道」，真是他媽媽的有道理。每次我都把便當的飯菜吃光光，一顆飯粒都不剩，果然我是來自鄉下農村的艱苦人好子弟，深知「盤中飧粒粒皆辛苦」的道理。

話說當年國中二年級，剛好大家都在發育轉大人，吃完便當後，就是看黃色書刊的休閒時光，順便幫助消化、有益健康。同學小廖是我們大家的A書中盤商，外號叫「聞聲救苦活菩薩」，每天都會供應同學在廁所免費傳閱觀看黃色書刊。正巧輪到我去廁所的時候，小廖那王八蛋卻拿出我吃完的便當盒準備惡作劇一番，他把一張猥褻到極點的黃色書刊全彩頁撕下，然後偷偷地包在我的便當盒上頭，外面再包裹住原本的舊報紙，神不知鬼不覺地再把便當盒塞進我的便當袋內。

放學回到家後，我習慣性地把便當袋子丟到廚房給妳的奶奶去處理，然後躺在沙發準備看我的NBA籃球比賽。誰知道，我正準備看著湖人隊的魔術強森與塞爾提克隊的大鳥博德單打對決的緊張時刻，突然聽到妳奶奶尖叫一聲從廚房殺聲陣天地朝我衝了過來怒罵道：「夭壽死囝子，不孝子、不速鬼，毛還沒長齊就在看這些齷齪玩意，我今天一定要把你打個半死！」

爸爸心想，哇咧，我是在看籃球賽，又沒有轉到「台灣霹靂火」或是「夜市人生」的台灣本土連續劇，怎麼會聽到如此生動的「愛台灣」鄉土對白呢？只見奶奶左手拿著一頁全彩的色情圖片（我還記得是一個猛男郵差到一名中年熟女家中送快遞按兩次門鈴的畫面），右手拿著炒菜的大鍋鏟，一副準備置我於死地的可怕模樣。

「媽，別這樣啦，那是同學的書，他們故意要害我的！」我邊跑著給奶奶追，連忙奪門而出，奶奶在門口順勢又拿了一根掃把，似乎絕不放棄地苦苦追趕我，此時巷口已經有一堆三姑六婆正在看這場人倫喋血的好戲，幾個地方公正人士也好整以暇地清清喉嚨的濃痰，緩緩地吐了幾口煙圈，用著充滿正義道德的感性口吻，準備對著眼前的警匪追逐畫面做出「全民開講」式的現場SNG評論。

「這個小孩從小我看到大，五歲的時候就常常在巷口脫褲爛（也就是「溜鳥」的意思），今天他會看這種色情書刊給媽媽追著跑，我一點都不意外。細漢偷摘瓠，大漢偷牽牛！」里長伯說道。

「這個小孩就是被寵壞了，家裡太有錢也不好，沒事送去讀那麼貴的私立學校幹嘛？無三小路用啦！」鄰長伯也加了一句評語。

最後奶奶沒有追到我，我則躲到表哥家中一直到晚上十二點，爺爺才把我帶回家。回家以後，奶奶的氣也消了一大半，爺爺則是對著我跟奶奶說了一句話，這句已經列入維基百科的經典名言後來也被阿扁學會了，成為西元兩千年之後的台灣全民口頭禪，他說：「有那麼嚴重嗎？真的有那麼嚴重嗎？看個A書有那麼嚴重嗎？」

水喔，爺爺講得真好。

小虹，讓我們將畫面切換到妳阿姨在國中三年級的一則小故事。妳媽媽是個台大畢業的高材生大美女，阿姨當然也長得不賴，只不過她從六歲就被送到內湖一所學京劇的劇校讀了十二年，我去看過她的畢業公演，四郎探母的小生扮相演得真是不錯，可惜她住校期間常常被學姐和學長虐待，因此也耳濡目染地提早成熟並且社會化。所以我才一直說嘛，小孩子提早進入軍事化教育的團體生活，學壞真的比較快，萬一出了事又不敢跟爸媽講，小孩長大後就完蛋了。

不過這不是重點，重點是在阿姨國中三年級的生日那天，她把班上同學都叫到家中狂歡慶生，外婆也很熱情地招呼這群活力十足的劇校學生，客廳乾脆挪空讓他們開起電音派對，不管是翻觔斗、後空翻和地板動作，都可以讓身手矯健的他們盡情發揮。當然，生日禮物絕對不能少，看著滿桌的禮物，阿姨笑到闔不攏嘴，決定帶著同學到好樂迪繼續唱歌續攤。

好心的外婆，目送這群小朋友離去之後，開始整理起杯盤狼藉的桌面，把拆封的禮物和包裝紙一一收好放進阿姨的房間。生日派對就這樣準備劃上完美的ending之際，突然間，外婆竟然從某一盒禮物的開封口，看到一支奇怪的突狀物探出頭來。外婆好奇地拿起禮盒打開後，天啊，不是一個頭耶，是一個頭兩個大，傳說中的「巨根」：雙龍搶珠！

外婆這輩子還沒有看過這樣的龐然大物，而且整根還是黑色的，質感堅硬有彈性、顆粒平滑又柔順。臉紅心跳情急之下，外婆又不小心按到了電池啟動開關，這根怪物開始以每秒鐘一百轉的轉速開始展開煽情的左右方向順時鐘扭動，前後兩個烏龜的頭頭還微微顫抖。原來，這就是傳說中的情趣用品啊！外婆總算開了眼界，見了世面。第一次就開了這種黑人的巨根洋葷，重鹹重口味的喔！

阿姨狂歡後回到家已經夜深了，她回到房間躺在一堆放置整齊禮物的床上，滿足地帶著笑容，度過了屬於十五歲青春年華的快樂生日派對，沉沉地進入香甜的夢鄉。外婆跟阿姨之間，彷彿甚麼事都沒發生過。

十五年後，一個學京劇的小女孩，成為兩家義式披薩餐廳的老闆。阿姨嫁了一位我認為是來台灣發展之中少數正直善良的美國白人，或許是她小時候有被黑人嚇到吧！要是當初外婆把這群小孩的生日派對惡作劇，當成罪不可赦的行為來嚴厲處罰她，搞不好阿姨真的就會變成雙龍搶珠的女同志也說不定。外婆的寬宏大量與一笑置之，就是教育小孩的最佳模範。

爸爸是一個無政府主義者，主張打倒所有的體制與認同、推翻家父長的霸權和偶像崇拜。這種無政府主義者的愛，也充份體現在我對妳的教養方式。我現在正式授權給妳，以後妳隨時可以反駁我的意見，批評我的觀點，交男朋友不需要先帶來給我鑑定，大學讀甚麼科系妳自己決定。妳將來喜歡男人或女人都是妳的自由，想做任何決定之前不必先考慮到我的感受，因為社會觀感是個屁，爸爸的老生常談只會讓妳聽到膩。飛吧，小虹，妳生來自由，沒有人可以阻擋妳的自由，勇敢大膽地找尋妳自己的天空吧！

6. 活著真好：爸爸絕對不會放棄妳

台灣的憂鬱症比例佔總人口數約兩成，罹患憂鬱症最多的族群竟然是十二歲到十七歲的青少年。原本是屬於活蹦亂跳的青春少年，為甚麼會覺得日子過不下去呢？在都市中，那些被升學主義荼毒殘害的小孩，或許他們父母的社經地位都還不錯，相對地，他們也背負了父母過多的期待與壓力。每天只能拖著沉重的腳步、背著又重又大的書包，從早上七點上課到晚上十點回家。他們接受了體制的馴化卻不敢反抗，只求早日解脫上大學能夠自由，但是到了大學之後又不知道如何去善用自己的自由與身邊的資源，惶惶不知所以地度日，每天悶在家中上網當宅男，畢業即失業，這不得憂鬱症才怪！

親愛的小虹，爸爸跟妳說過「體制化」是一件很可怕的事，因為體制會把弱勢的小孩排擠到邊緣，篩選出體制內所認定的資優菁英，將所有的社會資源投注到這些資優生身上。這些所謂的「好孩子」以後會進入台大和哈佛，當法官和企業高階主管，部份有良心的優秀人才功成名就之後，可能會想要回饋社會、幫助弱勢，但是少數恃才傲物、掌控上流社會人脈的奸惡之徒，則會利用權勢來撈取更多的不法財富，享盡人間酒池肉林的奢華幸福，就像台灣最近有一批貪贓枉法的超級奧咖法官一樣：中午跟情婦吃羊肉爐開房間，晚上去跟被告犯人的家屬收賄款一樣爛到底。

那我希望妳以後變成怎樣的人呢？活著，我只希望妳摸著良心好好活著，安分守己知足地活著。成績不好沒關係，妳永遠都會是我的好孩子；學校教育體制放棄妳沒關係，我還是會獨立教導妳成為好孩子。

爸爸一直很不喜歡自己出生長大的地方被人稱做是黑道的故鄉，長久以來更是一直無法釋懷，以前故鄉有位遠房表哥，因為販毒而被判處唯一死刑執行槍決這件事。同樣的故鄉沃土，兩百年前一群來自福建漳州的詔安客，選擇在彰化平原最富庶的地方落腳，有些優秀的子弟當了縣長和教育部長，但是有些人卻當了黑道老大和毒犯，這是為甚麼呢？

眼前的農村逐漸荒蕪，有能力的人都想辦法到都市討生活，沒有人想留在這片佈滿高污染黑煙毒氣工廠的爛地方，像隻芻狗般地任人踐踏、苟延殘喘。爸爸每次回到家鄉總是非常心酸難過，良田變成了廢地，田梗四周都可以撿到吸毒者留下的針頭，街上呼嘯而過的飆車族，正在催緊油門，用加裝馬力的雙孔排氣管來發洩鄉下農村青年體內的過剩荷爾蒙。街上只有燈紅酒綠的超大型豪華理容院和酒店，整個村鎮沒有半間金石堂或是小型書店。我心想，生長在這種地方的小孩下課後能去哪？能夠做甚麼消遣？

當黑夜來臨，荒涼的農村四合院聽不到爺爺講古、兒孫嬉戲的溫馨笑聲，只有廟口網咖一群穿著黑衣、腰間插著西瓜刀、帶著憤怒表情的少年仔，正準備將集結完成的改裝摩托車編隊出發尋仇，把白天來廟口嗆聲的另一群隔壁村幫派份子砍殺淨光。這兩個村莊，兩百年前本是一家，坐同樣一艘船渡過台灣海峽黑水溝來這邊落腳；過去為了田圳灌溉問題，兩個村莊多次聯手跟鹿港方面的泉州人展開水源命脈生存之戰的械鬥，百年的手足之情深厚堅定。偶爾會遇到靠近南投番社的生番出草來犯，他們也總是團結在一起抵禦外侮，可是沒想到今日的下一代年輕人，卻因為單調與無聊，為了摩托車的競飆互看不爽，而拿起致命的武器互相砍殺。

故鄉鄰里的家庭多數非常貧困，只有一種人過得最好：那就是地方人士。這些村代表和農會幹事，連任五六屆的鄉長和議員，大多數都有黑道背景。所以那些在學校功課落後，低成就感和低自尊的邊緣小孩，只好想辦法找出路來證明自己，這些每天在他們眼前開著賓士車呼嘯而過的黑道大哥，自然而然就成為他們學習的榜樣。我的遠房表哥之所以墮落到吸毒和販毒的不歸路，就是活生生血淋淋的例子。

爸爸最近看到一些少年殺手的故事很感慨，那些白淨秀氣的小孩被戴上手銬，十八歲的眼神卻是那麼憂鬱滄桑，他的家庭童年和學校生活到底受過甚麼樣的委屈和不堪！當這些少年殺手把自己的行為歸咎於「台灣的教育失敗」，我卻認為這不是教育失敗，這應該是整個體制的失敗，就是爸爸之前所一直批評的那個該死的體制，這個體制的每一個環節，包括你我都是共犯。

話說少年殺手這句話一講完，教過他的國中主任和老師們馬上跳出來，反駁批評他所說的話不負責任，深深不以為然。我認為這些老師也不用這麼急著為自己和學校的清譽辯解，反正少年殺手也被關了，大不了叫他發表公開聲明稿如下：「本人所說的台灣教育失敗，純屬個人看法，並非指的是我所讀的國中和教過我的老師，本人在此鄭重澄清，謝謝！」

這樣可以了嗎？老師有滿意嗎？少年殺手的學校也有考上台中一中和台大的好學生，不是嗎？這個體制的所有共犯結構，正式宣布全都無罪開釋！

少年殺手的阿公和阿嬤開卡拉ＯＫ店又怎樣？他爸是吸毒犯又如何？你們這些當老師的想過嗎？大多數的台灣鄉下人，真的打從心裡面搞不懂，為甚麼有的人可以放暑假兩個月，放寒假一個月，然後又可以領薪水，帶全家出國玩？為甚麼有些人可以準時下午五點下班，周休二日不用上班，帶小孩去大自然體驗互動，沒事到我們爛到不行鳥不生蛋的農村做鄉土教學呢？而這些鄉下人怎麼辦？大熱天舉著房屋廣告牌在路口，十小時後曬到快昏倒，終於可以領八百塊！買兩個便當回家四個人吃，累到半死一定要多買一瓶米酒和保力達，否則真是對不起所有周潤發的勞工朋友啦！

這樣的惡劣環境之下，有些真的能吃苦的小孩選擇在體制內奮鬥，有朝一日能夠坐著北上列車到台北圓夢，但是意志力差一點的小孩，天生帶點狠勁殺氣的小孩，他們的未來就不會那麼單純簡單了！有機會他們也想用另類走捷徑的方式力爭上游、揚眉吐氣，有朝一日，他們也想進到這些地方人士開的大型酒店，朝著天花板射個十幾槍如馬蜂窩般洩恨一下，當著一百名穿著高叉旗袍的酒店公主面前，把一綑又一綑的千元大鈔當做中元普度冥紙來撒，只要能夠證明自己的存在，不管是甚麼鋌而走險的機會都絕不放過。

誰放棄了他們？是他們自己嗎？是學校老師嗎？不，都不是，是這個社會，是這個社會體制用極其陰險的手法放棄了他們，神不知鬼不覺的，沒有人可以正確地說出誰是元兇。一個又一個類似的少年殺手會源源不絕地出現，沒有任何一個體制內的相關人員需要負起責任，冠冕堂皇的話誰都會說，這就是悲劇，典型希臘悲劇元素的本質。

小虹，沒有人有權力去結束自己的生命和別人的生命，因為活著真好！爸爸絕不會放棄妳，不管遇到甚麼挫折，妳也不要輕易放棄自己，好嗎？

7. 別怕，妳不寂寞，爸爸永遠與妳同在！

現在的爸爸是一個外表猥褻，內心孤獨的寂寞老靈魂，但是日子卻過得很踏實。以前年輕的我可是最怕寂寞的，這也是我在年少時不斷遇到挫折失敗的主要原因：耐不住寂寞。只要不小心在網路上看到有辣妹在我的視窗上方寫著：先生，你寂寞嗎？我就忍不住會掛網跟辣妹聊天，聊半天之後約出來卻赫然發現，辣妹原來是個恐龍妹。素來有佛心的我，還是忍不住給她兩百塊錢的車馬補助費，然後很誠懇地告訴她：「妳不適合走這行，就算去整型、拋光打蠟、全身板金，也不適合，找個正當工作吧！」

每天從早到晚只喜歡熱鬧瞎混、跟朋友窮吆喝的人，是成不了大事的。在某一個特定時刻片段，能夠隨時從容安靜地專注做某一件事情，孤獨地沉浸在自己的方寸世界之中的人，未來成功的機會比較大一些，當然這不包括躲在網咖連續打三天三夜的天堂寶物遊戲，因為那叫網路成癮症候群。

小虹，我很慶幸妳來到這個世界上，當我第二個女兒，妳的姐姐小扉也很高興有妳的陪伴，妳們姐妹倆就算不出門玩，也可以安安靜靜地待在家中玩一整天辦家家酒的遊戲，聽說家中有兩個姐妹的小孩活得比較久，長大後罹患憂鬱症的機會也少很多。現代人如果肯結婚的話就很了不起，結婚後頂多生一個小孩就很屌，所以未來妳們這一代的小孩一定最怕寂寞了。

人都需要朋友，人都怕寂寞，但是人通常又不懂得如何去交朋友，特別是「好的」朋友，所謂的「好朋友」並不是長得帥、功課好又有錢，我指的是好品格。人都會怕寂寞，但是又不知道該如何利用難得的寂寞，來與自己獨處並且對話。所以孔子才會有感而發說：「君子慎獨啊」！

交朋友是一種心理學所講的找尋向外投射對象，藉此與同類建立某種共同感情與經驗的休戚與共之我群感（sense of ourselves），如果不小心把這種「我群感」過度擴大，就變成了搞小團體；如果又不幸變成了某種諸如「愛台灣」這類的小團體，便會產生排他性，開始心胸狹隘起來了。要是這個團體的帶頭領袖是行為偏差的壞朋友的話，這個小團體的未來走向不免會誤入歧途，格局愈走愈小，終至走入死胡同。

在印度耆那教義中的寂寞，則是修行者的最高境界，跟「向外投射」完全相反的一種內觀意念，簡而言之，寂寞的狀態就是一種「自我的內在觀照與對話」。就如同德國作家赫曼赫塞在《悉達多求道記》所提到的：在芸芸眾生之中踽踽獨行，走自己的路。

每次跟妳到公園玩的時候，其實爸爸的神經都繃得很緊，尤其是在大型溜滑梯的地方，很怕遇到一些容易人來瘋無法自我控制的小孩，一不小心把妳撞倒和踢倒。但是就算小虹妳被撞倒在地上摔得鼻青臉腫，我也絕對不會在公園內罵任何其他小孩，這樣做太自私，我沒有權力去罵別人的小孩，這樣會傷到小孩爸媽的自尊心。我只是默默地帶妳到別的地方去玩，反正山不轉路轉，天地之大必有妳我容身遊玩之處。其實我的心裡面還是非常同情這些愛玩調皮的小孩。

他們可能在家悶太久了，就像一隻每天被綁在門口的狗狗一樣，一鬆開狗鍊將牠野放到草地上之後，任憑主人怎麼叫都叫不回來，最後主人看著愛犬終於叼著一塊油滋滋的排骨肉回來大塊朵頤，想要阻止牠吞下肚之際，卻已經來不及了，一分鐘過後，口吐白沫的愛犬躺在地上不斷呻吟抽搐，原來牠是吃了毒餌而當場暴斃啊！

這些小孩也只是愛玩罷了，他們根本沒有體會到危險動作帶給自己和別人的威脅性，換句話說，他在溜滑梯時的所有翻滾跳躍動作，只是為了吸引別人的目光注意力，因為他想交朋友，他需要朋友，他必須要用自己的獨特本領來讓大家喜歡他、認同他而已。不信的話，妳等著看，如果所有的小孩都離開溜滑梯，只剩他孤單一個人的時候，他愛怎麼溜，躺著溜或倒著溜都隨便他，但是他卻反而不溜了，為甚麼？因為他一個人變得很無聊。

人是需要朋友的，有一天，在妳生命中的某個階段，妳一定會覺得朋友比爸爸更重要。沒關係，爸爸可以諒解。但是，對妳而言，對一個有獨立思想的任何生命個體而言，其實爸爸不重要，朋友也不重要，只有妳，妳自己是最重要的。所以要愛惜自己，疼自己，好嗎？學會愛惜自己可不容易啊，會愛自己的人，才有能力去愛別人；不懂得愛自己的人，卻常常只會用「以愛之名」的高調方式，以充滿佔有慾的霸權壟斷之愛，活生生地折磨別人。

媽媽生了妳之後，爸爸的生活沒甚麼改變，煙照抽、酒照喝。打牌浪費時間，所以戒了；之前提的那些風花雪月、外遇出軌之類的，別聽我瞎說，老爸有那個本錢嘛（我放這個馬後炮，好像有點此地無銀三百兩的欲蓋彌彰味道耶）！我想表達的概念是，妳小時候每天煩我，但我還是會盡量捉緊時間找樂子，絕不會把自己搞成一副可憐兮兮的蒼白悲情奶爸樣，這就是我跟其他爸爸的最大區別，懂嗎？我先把自己照顧好，行有餘力再來好好跟妳相處；如果我連自己都照顧不好，那只會把負面情緒遷怒到妳身上而已，別人怎麼講我都沒關係，我早已學會不去理會別人的閒言閒語與惡意批評。

每一天早晨醒來，晨曦朝陽透過窗簾映照在妳可愛的臉龐，又是美好一天的全新開始，而我把每一天都當成是我生命中的最後一天，我要盡全力來與妳快快樂樂地度過。外面的殘酷世界雖然弱肉強食，卑微的爸爸，就為了每個月一點點的薪水，必須忍受各種肉體上與心靈上的屈辱與凌遲，沒關係，我也不在乎，晚上回到家之後，看著妳拖著跌跌撞撞的腳步飛也似地叫著爸爸衝向我的時候，妳的擁抱和妳的親吻，對我來說，已經再度讓我有足夠的力量活下去，繼續與這個世界奮戰，一直到妳長大，直到爸爸年邁的身軀倒下為止。

親愛的小虹，是不是故事就要結束劃上句點休止符了呢？不，我們的故事，還在進行中……

一個失敗者的告白

我很希望一些只看財經股票雜誌的爸爸們，可以花一點時間靜下心來看看我這本書，看看一個失敗男人的真情告白之後，或許你們讀完之後悶笑暗爽，會覺得比較快樂，赫然發現自己其實沒那麼糟糕。男人總喜歡與別人比較，台灣的貧富差距六十六倍，這也都是透過數字去分析比較出來的。男人一旦愛比較，自然就會產生一種相互懸殊對照之下的強烈失落感。

當路上的賓士車從你的裕隆中古車前面呼嘯而過，心中總是忍不住會有一種淡淡的悲涼感油然而生；當路邊身材曼妙的辣媽從你身旁踩著高跟鞋扣扣扣走過，除了留下了一陣熟女貴婦的亞曼尼餘香，足已提供給你好一陣子的中年男子性幻想之外，你會忍不住想要對身材發福的老婆遷怒罵幾句話。但是別忘了，發福的老婆為你生下這麼可愛的小孩，在生產的時候承受人類極限的皮肉撕裂痛苦，餵奶餵到奶頭破皮發黑，會陰的傷口都還沒有拆線，半夜還要起床幫你「打X」！

各位媽媽你們好，看完這本書之後，妳們才會發現自己的老公有夠好，還好沒有嫁到像奶爸卡卡這樣的社會敗類，不然人生就真的整組壞了了！男人很悶，社會上約定俗成的功成名就指數壓力，更是常常讓男人的抗壓能力破表。結了婚有小孩更悶，晚上辦事還要挑小孩昏倒睡著的黃道吉日，所以盡量就不要再罵妳家老公了，輕聲細語的一句溫柔話，晚上煮菜穿套性感女傭裝，就足已讓每天在外面衝殺搏鬥的男人回家後，得到最大的安慰，百煉鋼也成繞指柔，下體乾澀就用威而柔，這個就是硬道理！

一夫一妻制已經面臨到人類有史以來的最大挑戰，所以能不離婚就不要離婚，男人不打老婆，老婆不大吼大叫，大家說好不好啊？請允許每個男人的心中都藏著屬於自己的一些秘密，就讓男人活到臨終的那一剎那，在吉光片羽的人生外遇偷情歲月不斷倒帶回溯的畫面中，帶著微笑，帶著這些不為人知的激情秘密，躺進棺材走進墳墓之中。如果真有上帝和佛祖的話，男人們會接受公平的審判，一定公平喔，絕對不會讓你戴著手銬大喊「司法不公，司法迫害」啦！

閻羅王問：你為甚麼要偷情？

男人回答：因為我想遺忘！

閻羅王問：遺忘甚麼？

男人回答：遺忘我的恥辱！

閻羅王問：甚麼恥辱？

男人回答：偷情的恥辱！

閻羅王問：你在跟我裝肖維嗎？罰你把這杯孟婆湯喝下，就讓你把前世的記憶遺忘個徹底吧！

此時在十八層地獄響起劉德華的「給我一杯忘情水」的背景音樂，男人的電腦主機從此把上輩子的記憶體全部清光，下一輩子輪迴還要當人嗎？這誰都不知道，所以大家一定要把握當下，好嗎？是個男人的話，請務必記住：無樂不做，無惡不做，愛不是用說，愛要這樣做！塵歸塵，土歸土，男人在世屌歸屌，一坏黃土就這麼了！

最後，不能免俗地，我要跟親愛的老婆大人說幾句心裡面的體己話。基本上，老婆妳一直無法理解為何每天我都要這樣嘻笑怒罵、遊戲人間度日，從沒有一刻是正正經經地跟妳說話。我可以這麼告訴妳，要是我變得正經八百、道貌岸然的話，那就是我開始對妳說謊了。我會天花亂墜地騙妳在外面混得多開，老闆對我多好，加薪有望、事業多忙，實情卻是一陣瞎忙和窮忙，一旦謊言被揭穿，只好走向燒炭之途一了百了。我對未來沒有信心，對於無法提供妳們母女過上更好的生活這件事，長久以來心有愧疚並且耿耿於懷。我也不敢想像自己有一天失業落魄潦倒之際，還有沒有最後一點勇氣回到這個家，面對妳跟女兒們的燦爛笑容？

有了小孩，男人已經沒有權力悲觀，也沒有時間悲觀，只希望醒來的每一天，真的又是充滿著希望的一天開始！握著我的手，握住我的屌，給我點力量好嗎？We go , We go , We go go go！好啦，下次帶妳去薇閣好不好？都沒帶妳去過，真不好意思……有八腳椅的那間ＶＩＰ喔！我就給妳綁起來，眼睛矇上，百寶工具箱的傢私給它拿出來，嘻嘻嘻……啊……福氣啦！

（ＰＳ：我的好女兒，記住，喜歡動不動就說「愛台灣」的人，千萬要提防；男朋友沒事就問妳到底愛不愛他的話，請妳很禮貌地叫他去吃屎吧！總是把「愛」掛在嘴邊的人，口是心非的居多，知道嗎？）

奶爸卡卡接受水果日報專訪精彩對話

記者：請問卡卡你認為這本書是屬於親子教育類的嗎？

卡卡：我不知道，但是我只希望親子教育專家不要批評我教壞小孩。

記者：你為甚麼不敢用真名？

卡卡：現代人有些很變態，動不動就扣人帽子、貼人標籤，我不想成為大家消費娛樂的對象。

記者：你不愛台灣嗎？為何你一直拿「愛台灣」這三個字開玩笑？

卡卡：我……他媽媽的比任何人都還愛台灣，只是「愛台灣」不應該這麼隨便地掛在每個人的嘴上，當成口號來喊爽的而已。最重要的是，我們要尊重其他有權力不愛台灣的人，他們可以愛美國、愛日本、愛中國……老實說，愛，這個字，如果只是拿來說說而已，基本上那就已經不是真愛了。

記者：書中寫了很多外遇情節，真的是你個人親身經歷嗎？

卡卡：小說與文學是介於現實與虛構的一種中介質載體，一個寫大江大海八年抗戰的作家，並不一定要親身經歷八年浴血抗戰，不是嗎？

記者：你在模仿《父後七日》的寫法嗎？

卡卡：我來自彰化，彰化平原是台灣新文學之父賴和的故鄉，這邊的小孩有自己的創意與想法。畢竟，鄉下的日子無聊又單調，因此很會天馬行空地搞怪發想，九把刀也是。我認為網路世代的文學未來會走向大量複製、重製、混搭，進而誤打誤撞成為創新有Fu的一種路線，有點像「全民大悶鍋」那種無厘頭的模仿，但是東拼西湊之後，卻又增添了許多娛樂效果，可以讓你看完之後，偷偷地會心一笑，因為故事中的情節，真的就在我們身邊發生過。不然，你認為九孔化妝完之後，真的像費翔嗎？所以我這本書用了許多不同的元素來混搭，讀者看完覺得好笑之餘，如果還會讓你們稍稍地思考一下，就達到我最初的本意與目的了。

記者：你真的會用這種開放的方式教小孩嗎？

卡卡：會！我之所以用奶爸卡卡這個筆名，是因為不想讓我的小孩子太早看到這本書，或者是因為他爸爸寫了這本書，而被她的同學和老師嘲弄揶揄。我說過了，這本書是讓我女兒為我守靈做頭七時看的，希望這本記錄我的喜劇人生的笑忘書，沖淡死亡本身的哀傷氣氛。讓我的女兒知道，「爸爸」這個一點都不偉大的名詞，只是一個平凡有血有肉的凡夫俗子，我有各種慾望，也敢於與自己內心衝突的慾望與道德掙扎，並且做出最最真誠的告白。

記者：最近性侵害小女孩的案件很多，你會擔心自己的女兒嗎？

卡卡：性侵害小男孩的案件也很多，不是嗎？比利時和愛爾蘭等地的天主教會醜聞是多麼可怕？請允許我這麼說，你這個問題充滿了對女性的歧視。我可以這麼回答你，這個世界，性犯罪的問題只會愈來愈變態。變種的慾望就跟變種的病毒一樣，每一天都會不斷繁殖突變，讓人類防不勝防。所以我再三強調，台灣的教育，一定要在適當的時候，教導我們的小朋友，學會人性善惡各半的一種概念：不知道夜晚的黑暗，怎麼知道白天的光明？基本上，我不認為「人之初、性本善」這樣的犬儒教育法則是對的，尤其是在這個充滿網路陷阱的快速變化光纖年代。

記者：你對「體制化」充滿了挑釁與不屑，為甚麼？

卡卡：最近歐洲天主教會神父性侵男童的醜聞，就是體制化對於小孩的荼毒的最佳例證。體制化教導小孩要絕對的服從，服從學校的男老師、不能違抗神父的話、上班要聽公司老闆的絕對權威指示、女人結婚後盡量要對老公的一切無理行為忍耐……體制化造就了一群無法獨立思考和判斷的小孩，女孩長大後，也根本不知道要如何反抗這個充滿男性沙文主義主宰的父權社會體制，這種體制是對的嗎？我十分質疑父系社會的體制是否有存在的必要，回歸到母系社會的人類，世界或許會變得更祥和、更可愛。

記者：你老婆會拿這本書對你發飆做文章嗎？

卡卡：男人的心中一定有許多不為人知的秘密，幸運的男人，有機會可以把這些秘密帶到墳墓裡，運氣差一點的，活著的時候就已經紙包不住火、藏不住秘密。每天我們翻開水果日報，看到有人偷情外遇被踢爆，心中除了暗爽偷笑，心底深處其實都還會有一種想法：還好，不是我被捉到！然後仔細研究報紙的新聞內容，了解到這對狗男女之所以被捉到的來龍去脈，接著慎重地告誡自己，絕對不要犯下這對狗男女所犯的錯。而這對狗男女只犯了一個錯，那就是：他們被捉到！我老婆也會懷疑我，就跟每個女人都會懷疑老公一樣，但是我不怕，因為我沒犯錯，也就是說，我沒有被捉到。

記者：或許我問得比較直接，但是，你真的認為這本書會有人看嗎？

卡卡：我不具備張愛玲的古典文學技法，也沒有蔣勳的融貫中西美學抽象，我只負責說故事，說一個好笑的故事。這個平凡的故事是一個文本，供讀者對照自身與外在環境的荒謬與可笑，文本中有你我，反映出庸庸碌碌的眾生相。想要笑一笑的，就翻翻這本書來看熱鬧，但或許有人會看到這本書的門道，也就是關於霸凌、階級、一夫一妻制、刻板印象、性別議題的深入探討。我很期待有這樣貼心的讀者出現。

記者：可不可以告訴大家，你真正的職業？

卡卡：我的職業是……爸爸！這是一個全世界最棒的工作，因為我女兒絕對不會把我裁員、叫我滾蛋！

記者：你平常喜歡做甚麼消遣？

卡卡：妳是我看過最可愛的女記者，給我電話，私底下我慢慢再跟妳聊這個問題，好嗎？

Collection 01

產後七日——看，這世界！

金塊文化

作　　者：奶爸卡卡
發 行 人：王志強
總 編 輯：余素珠
美術編輯：JOHN平面設計工作室

出 版 社：金塊文化事業有限公司
地　　址：台北縣新莊市立信三街35巷2號12樓
電　　話：02-2276-8940
傳　　真：02-2276-3425
E-mail：nuggetsculture@yahoo.com.tw

劃撥帳號：50138199
戶　　名：金塊文化事業有限公司

總 經 銷：商流文化事業有限公司
電　　話：02-2228-8841
印　　刷：群鋒印刷
初版一刷：2010年12月
定　　價：新台幣260元

ISBN：978-986-86809-1-3
如有缺頁或破損，請寄回更換

團體訂購另有優待，請電洽或傳真

國家圖書館出版品預行編目資料

產後七日：看，這世界！／奶爸卡卡著——初版. ——
臺北縣新莊市：金塊文化，2010. 12
面；　公分
ISBN 978-986-86809-1-3（平裝）

855　　99023492

金塊文化

金塊文化

金塊文化